dear+ novel

ohkamisan to himitsu no itoshigo・・・・・・・・・・・・・・・・・・・・・

おおかみさんとひみつの愛し子

かわい恋

新書館ディアプラス文庫

おおかみさんとひみつの愛し子

contents

illustration : yoco

おおかみさんと幸せな森の子

Ohkamisan to
shiawasena morinoko

プロローグ

城の前には、大勢の兵士たちが整列している。エイラム王国軍の黒い軍服に身を包んだ兵士は何千人いるだろうか。誰一人言葉を発するものはいないが、期待に満ちた視線がたった一人の男に向けられていた。

三年間の任務を終え、帰国したばかりの第二王子に。

「ゼノ。我が弟よ」

権威を象徴するためにきらびやかな宝玉で彩られたローブを纏った国王が、芝居がかった声音と仕草で、片膝をついて拝礼していた弟王子に声をかける。

「外国での任務、白狼族の名に恥じることなく遂行したことを褒めて遣わす。今後は我のもとで政務に励むがよい」

肩に置かれた手に促され、ゼノはゆっくりと立ち上がった。全員の意識がゼノに注がれる。

中背の兄王をゆうに超える長身に、黒の軍服がよく似合う鍛えられた体つき。目鼻立ちのはっきりした勇猛な顔立ちは、彼の意志の強さと青年らしい正義感を如実に表していた。

二十も歳の離れた腹違いの兄王との共通点は、エイラム王国を統治する白狼族の特徴である白金の髪と琥珀色の瞳、褐色の肌くらいである。

ゼノはゆったりと視線を動かして兵士を眺め渡す。みな、ゼノは自分を見たのではないかと瞳を輝かせながら彼の視線を追った。眉目秀麗でいながら勇猛果敢、行動力に優れ、剣技にも長けた第二王子への憧れは、国を離れていた三年の間に増幅している。もはや熱狂的と言っても差し支えないほどに。

無言の熱い視線に、ゼノは片腕を挙げて応えた。途端、地鳴りのような歓声が沸き起こる。

「ゼノさま！」

「王子！　お帰りをお待ちしていました！」

「エイラムの誇り！」

二十二歳という若さながら、堂々とした立ち居振る舞いと人々を惹きつけてやまない空気を纏ったゼノは、華やかな笑顔で兵士に応え続けた。

第二王子の人気ぶりの前には、豪奢な服を着た国王が霞むほどであった。

三年ぶりの祖国の空気は、やはり心地がいい。

ゼノは城の窓から久しぶりの景色を新鮮な気持ちで眺めた。活気のある城下町と、遠くにはっきり見える濃い緑の森となだらかな山。深呼吸すると、体のすみずみまで空気が沁み渡っていくようだ。

明日は乳母のエダムとその娘のマリアーナに会いに出立する。ゼノを出産するときに亡くなった母に代わり、実の母とも慕ってきたエダム。ゼノより二ヵ月早く産まれた乳姉弟のマリアーナとは、歳の離れた異母兄姉よりも仲がいい。

十九の歳から兄王の命で軍人として国外に派遣され、ようやっと帰って来られた。離れていた間もマリアーナとは折々に文を交わし、親交は続いている。

ゼノはいちばん最近に届いた手紙を広げた。ゼノが外国に派遣されると同時にエダムとマリアーナは故郷の村に帰った。それからすぐに身ごもったマリアーナの子は、ユキハと名づけられた男の子だという。現在は二歳。おしゃべりが上手になってきたと書かれている。

姉も同然のマリアーナの息子だ。どれだけ可愛いだろう。初対面のユキハに喜んでもらおうと、たくさんのおもちゃを買ってきた。もうすぐ会えるのが楽しみだ。

国王である兄への謁見と兵士への顔見せを済ませ、今日はゆっくり休むばかりである。

ゼノが外国へ行くときに、木彫りの得意なエダムがお守り代わりに作ってくれた狼の飾りを目の前で揺らした。白狼はエイラム王国の象徴であり、守り神でもある。

エイラム王国は代々白狼族が統治し、長い間堅実な国家を築いてきた。特に前国王であるゼノの亡父は賢王と讃えられ、他国からの評価も高かった。

他国でも虎、獅子、竜など、ほとんどは力のある獣人種が王政を敷いているが、他獣人種や獣人以外が王座を奪うことも多い。ゼノが外国に派遣されたのも、黒豹族が治める国で起きた内乱を鎮めるためだ。やっとひと段落したので、国に戻る許可が下りたのである。

軍服を脱いで部屋着に着替えようと衣裳部屋に近づいたとき、血縁であり幼なじみでもあるニキアスが待ちかねたように部屋に飛び込んできた。

「ゼノ！　よく帰ってきた！」

満面の笑みでゼノを抱擁するニキアスに、自分も笑いながら抱擁を返す。同い年の親戚は気心が知れていて、離れていた時間などなかったようにすぐに打ち解けた空気になった。

「久しぶりだ、ニキアス。ずいぶんたくましくなったな。先日の双頭竜討伐では活躍したと聞いたぞ」

「なんの、おまえに比べたら。国外ですらおまえはずば抜けて評価されて、初代白狼王の生まれ変わりとまで称賛されたらしいじゃないか」

「大げさだ」

笑って謙遜するが、実際派遣先の外国では高く評価された。

ときには力で、ときには言葉で、あちこちで勃発する内乱を鎮めて回り、和議をまとめた。

「さすがにアルヴィン陛下も、これ以上おまえの評判が高くなるとまずいと思ったから帰国を許可したんだろう」

ゼノは十八歳で軍に入隊してからすぐ頭角を現し、一年後には兵士、国民からの支持も高くなった。持って生まれたカリスマ性が高い、とはニキアスの言葉である。

白狼族の特徴である白金の髪と琥珀色の瞳、エイラム国民に多い褐色の肌という組み合わせは他の白狼族と同じだが、とかく人を惹きつけるのだという。

自分でカリスマ性を意識したことはないが、上に立つ者として常に堂々とした態度と言動を心がけ、心身を鍛えることは怠らない。必要とあらば白狼に変容し、獣姿で戦うことも厭わない。通常、王族は獣姿を人前に晒すことはあまりないのだが。

ゼノの人気が高まるにつれ、二十も歳の離れた兄は弟に王座を追われるのではないかと疑心暗鬼になり、外国に派遣という形で三年前に国を追い出した。あわよくばゼノの戦死を狙っていたと考えるのは穿ちすぎだろうか。

だが国民からもゼノの帰国を望む声は多く、国王もいよいよ無視できなくなった。これ以上外国で力をつけられるより、手もとに呼び戻して頭を抑えつけた方が安心というわけだろう。

ニキアスは目に真剣な光を湛えて、ゼノの肩に手を置いた。

「ゼノ。俺はいずれおまえが国を治める姿を見たい。そのときは俺がおまえの右腕になる。一緒に国を守っていこう」

「まだわからないだろう」

兄のアルヴィンには娘が三人だけで男児がいない。必然的に王位継承者はゼノになっている。だが今後兄王に男児が授かれば第一継承者はその子になる。が、アルヴィンがすでに四十二歳という年齢を考えると、可能性は高くない。自分も父が現在のアルヴィンと同じ年のときの息子だから、ないとは言えないが。

「それでも、俺はおまえについていく。幼い頃から、俺はおまえこそが王の器だと思ってる」

順当にいけば兄の次は自分が国王だ。だからそれにふさわしくあろうと自分も努力をしてきた。生まれながらに決められた道ではあるが、真摯に向き合っている。

「ありがとう、ニキアス。おまえの期待に応えられるよう努力する」

二人で気持ちを新たにしたところで、突然激しく扉を叩かれた。

「王子！　たった今、アレキサンドライトの民の村が盗賊に襲われたと報告が入りました！」

「なに！」

乳母のエダムがアレキサンドライトの民であり、彼女の故郷がゼノが訪れる予定のその村である。休みなく馬を飛ばしても一昼夜かかる場所だ。

エダムとマリアーナの顔が浮かんだ。

「行くぞ、ニキアス！」

大事な人たちの無事を願う気持ちしか持たず、ゼノは城を飛び出した。

熱のない小さな太陽のように、丸い銀色の月が明るく空を照らしている。

月の光は降り注ぐ。焼き払われ、黒く燻る煙を上げるだけになったこの村にも――。

「そんな……」

死と灰の臭いしかしない。

馬で駆けつけたゼノは、目の前に広がる無残な光景に言葉を失った。決して大きくはない村のほとんどが焼き払われている。

ゼノの隣で、すでに現地で検分していた兵士に話を聞いたニキアスが悔しげな声を出す。

「村には生存者なしだそうだ。売れそうな若い人間はみんな盗賊に攫われたらしい。最後に村に火をかけて……。ひどいことをする。保護区だぞ」

少数民族を保護するため、ほとんどの国で保護区を設けている。主に希少種の獣人を保護するためだが、絶滅に瀕した一部民族も対象になっている。この村の、アレキサンドライトの民と呼ばれる一族のように。

各国間で協定を結び、戦争の際にも保護区は不可侵とされている。本来は安全な地区のはずなのだ。

だから、大事な乳母母子をここに住まわせていたのに――。

「エダム……、マリアーナ……」

二人の笑顔が次々に脳裏に浮かんでくる。

ゼノが白狼王の第二王子として生まれたときから、家族同然に過ごしてきた二人。乳を与えてくれ、よく遊んでくれた彼女らは、ゼノにとって本当の家族よりも身近な存在だった。

「なぜ……、っ！」

握りしめた拳（こぶし）を震わせるゼノに、ニキアスが痛ましげな視線を向ける。

「最近、獣人の村が盗賊に襲われる被害が出ている」

特に獣人の子は高く売れると、以前から盗賊に狙（ねら）われる傾向があった。だが……。

「どうしてアレキサンドライトの民なんだ！　普通の人間と変わらないじゃないか！」

激高するゼノに、ニキアスは馬を寄せた。

「見た目はな。いや、外見だけでも大金になる価値はある。アレキサンドライトの民は、みんな宝石みたいに美しいから。でもそれだけじゃないと知っているだろう？」

ぎり……、と奥歯を噛んだ。

もともとひっそりと森の奥で暮らしていたアレキサンドライトの民は、町に毛皮や木工細工を売りに来るだけの普通の人間と思われていた。男も女も大層美しいということ以外は。

まっすぐな黒い髪と深い青緑色の瞳、なにより白絹のような肌は人々の目を引いた。褐色の肌の人種が多い国では、白い肌は目立つ。

だが最大の特徴は、子作り可能な年齢になった彼らの瞳が、夜になると赤に変わること。それゆえ彼らはアレキサンドライトの民と呼ばれている。

それだけでも危険な人買いや野蛮な盗賊に狙われるには充分だったが、迷信深い人々は森で暮らす人間を〝異界の民〟として敬遠していたため、ぎりぎり手を出されずに済んでいた。森には魔物や悪霊が棲むと言われ、そこで暮らす人々は別世界の住人と思われていたからだ。

ところが二十数年前、アレキサンドライト族の男が満月の夜にだけ子を孕むことができる体に変化するという事実が発覚した。あまりに稀有なその特徴は、盗賊どもの格好の的になった。

希少種の獣人同様、人買いにとっては高値で売れる宝石の採掘場を発見したようなものだったろう。ことにアレキサンドライト族の若い男は、男でありながら受胎可能という奇跡のような特性から、珍品収集癖のある金持ちがこぞって手に入れようとした。

捕まってあちこちに売られそうになった彼らを保護したのが、前国王であるゼノの父だった。アレキサンドライトの民の住む森を保護区に指定し、警護を配備した。さらに父は当時生まれたばかりのゼノの乳母として、エダムを城に呼び寄せたのだ。国はこの民族を手厚く保護しているぞ、と盗賊を牽制するために。

「兄上はなにをしている！　そんな被害が出ているのに、保護区の警護を強化していないのか！」

「ゼノ！」

ニキアスはゼノの上腕をつかんで自分に引き寄せた。声を潜めたまま、耳もとで囁く。

「王を批判していると取られる言動は避けろ。前国王と違って、アルヴィン様は保護区に力を入れていない。肉食獣人たちの台頭を恐れているんだ」

前国王の保護が手厚かったおかげで、絶滅寸前だった希少種の獣人たちも数が安定してきている。だがゼノの兄である現国王アルヴィンは、自分たち白狼族から王位を簒奪しようとする種族がいるのではと警戒している。白狼族からというより、自分から。弟のゼノを疑っているように。

ニキアスはゼノを落ち着かせるように腕をさすったあと、肩に手を置いた。

「エダムはもう、集会所に運ばれている。最後に会ってやれ」

村の集会所は、臨時の遺体安置所になっている。苦しい気持ちで足を運ぶと、集会所の外にまで並べられた亡骸の中に、愛しい乳母の姿を見つけた。

「……っ、エダム……！」

駆け寄ってエダムの亡骸を抱きしめる。第二の母との思い出が、次々と胸に湧き上がった。

美しくやさしく、木彫りが得意だった自慢の乳母。ゼノがねだれば、どんなに難しい細工でも作ってくれた。いちばん気に入りの竜の木彫りは、今も城のゼノの自室に飾ってある。

「なぜ……、皆殺しにする必要はないだろう……」

奪われた人間は、探し出せる可能性もわずかながら残っている。だが命を亡くした人間はもう戻ってこない。戦争でもあるまいに、根絶やしにする必要などどこにもないはずだ。

きっと数を減らして希少性を高め、より高く売ろうとしているに違いない。

怒りと悲しみで、ゼノの腹の底がねじきれるように痛む。

「マリアーナとユキハは……？」

ゼノが尋ねると、ニキアスは苦しげな声で答えた。

「見つかっていない。おそらく攫われたんだろう。マリアーナもまだ若い」

ゼノより二ヵ月だけ早く生まれているマリアーナは、自分と同じ二十二歳である。大変な美貌だったマリアーナには、城にいたときも求婚者が絶えなかった。

アレキサンドライトの民は基本的に婚姻を結ばない。父親が誰であっても、産まれた子は一族みんなで育てていく。

それは、成熟したアレキサンドライトの民が月の光で性欲が高まってしまうという、特殊な性質と関係している。特定の相手を持つ場合もあるが、大抵は月夜に複数の人間と体を交わす。

だからマリアーナの子も父親は特定できない。ゼノが手紙で知っているのは、産まれた子どもがユキハと名づけられたことだけだ。

マリアーナとユキハの運命を思うと、怒りと不安で胸を掻き毟りたくなった。今にも叫び出してしまいそうだ。

「ニキアス……、少し一人にしてくれ」

ゼノが言うと、ニキアスはなにも言わずに馬首を返した。静かな別れの時間を作ってくれたことに感謝し、ゼノはエダムのために深く祈った。

ゼノは腰につけていた木彫りの狼を外し、そっとエダムの体の上に置く。この狼がエダムの魂を先導してくれれば、迷わず神の側に行けるだろう。

「エダム……、安らかに」

ふと、子どもの頃にマリアーナと一緒に隠した人形のことを思い出した。

エダムがくれた揃いの小さな木彫りの人形を、宝ものとしてマリアーナと一緒に洞窟の中に隠したのだ。大きくなったらまた取りに来よう。そう約束して。

（せめてあれを持って帰ろう。マリアーナとユキハを見つけるまで）

ゼノが小さい頃、この村に遊びに連れてきてもらったときに「秘密の隠れ家」だとエダムに教えてもらった洞窟がある。マリアーナと二人、子ども心に秘密の洞窟にわくわくしたものだ。

そんな想い出も、今はゼノの胸を痛いほど締めつける。

森へ分け入り、記憶にある洞窟へ急ぐ。人の気配はない。もしも盗賊が残っていたら、この手で八つ裂きにしてやるのに！

腹に渦巻く怒りを抱え、暗い森の中を月明かりだけで草に分け入る。白狼に変容する一族であるゼノは、常人より夜目が利く。険しい視線で琥珀色の瞳をぎらぎらさせる自分は、きっと獣のような表情をしているだろう。

記憶を頼りに洞窟に向かって歩いていくと、泣き声のようなものが聞こえてくる。

「……まさか」

ユキハ？

どくん、と心臓が鳴った。

獣の声かもしれないと思ったが、耳をすますとやはり人間の子の泣き声に聞こえる。

ユキハでなくとも、村の子が逃げてきたのかもしれない。もしそうならば、保護してやらねば。ああ、だが、ユキハであってくれ……！

逸(はや)る心を抑えながら、可能な限り足早に泣き声に向かって歩く。大きな音を立てて近づいて逃げられてはいけない。

泣き声はゼノが向かっていた洞窟の前からしていた。木の陰からそっと覗くと、小さな子どもが黒い塊(かたまり)に縋(すが)りついて泣いている。

ゼノはできるだけやさしい声で尋ねた。

「そこにいるのは誰だ？」

黒い塊に縋りついていた子どもが、慌てて洞窟に飛び込んだ。長い年月の間に洞窟の入り口は草と土で塞(ふさ)がれ、動物の巣穴のようになっている。

木の陰から出て近づいてみると、影が縋りついていた黒い塊は、姉と慕(した)った人だった。

「マリアーナ……！」

ではやはり、今の子はユキハ。

腹から血を流したマリアーナの命の炎が消えかかっているのは、ひと目で知れた。おそらく致命傷を負いながらも、我が子を隠そうと必死に逃げてきたのだろう。

「マリアーナ！　わたしだ、ゼノだ。わかるか？」

マリアーナを抱き起こすと、薄く目を開けた。ゼノを認め、色のなくなった唇を震わせる。

「ゼ、ノ……」

「しゃべるな！　今村に運んで手当てする！」

そうしている間にも、マリアーナの命の火が消えかかっているのがわかる。お願いだから助けさせてくれ！

「ユキハ……、ユ、ユキハを……、まもって……」

「わかっている！　心配するな、必ずわたしが守る！」

安心したのか、マリアーナの表情がわずかにゆるむ。

「一緒に城で暮らそう。あそこなら安全だ、もうこんなことは起こらない」

マリアーナが力なく首を横に振る。

「城、は……、だめ……」

「マリアーナ？」

「か、隠して……。おねが……、し、城、だめ……、つれて、いかな……ぐふっ……っ」

言いながら、口から大量の血を吐いた。腹に溜まっていた血が、しゃべったことで溢(あふ)れてきたのだ。それでもマリアーナは懇願(こんがん)を続ける。

「やくそく、して……、ユキ、ハ……、かくし……、ま、まも……て……」

「わかった！　わかったから……！　約束する、誰からも隠す。城には連れていかない、だからもうしゃべるな！」

どうしようもなく、マリアーナの体から生命が漏れ出ていく。焦燥で泣きたくなった。

「ありが……」

それだけ言うと、マリアーナはふっと意識を手放した。

「マリアーナ？　……マリアーナ！」

ゼノはマリアーナを抱え直し、懸命に声をかける。だが、もうマリアーナの呼吸が戻ることはなかった。

エダムに続いてマリアーナの死に打ちのめされる。たった今まで、腕の中にあった命が……！

大事な人たちを守れなかった。勉学に励み、体を鍛え、剣術の腕を磨いたところで、人の死の前にはなんと無力な自分。

けれど……。

「ユキハは必ずわたしが守ると約束する。だから安心してくれ」

まだ自分にもできることはある。命に代えてもこの約束だけは違えない。

そっとマリアーナの体を横たえ、腹の上で手を組ませた。そしてゼノは洞窟に近づき、できる限りやさしく名を呼ぶ。

「ユキハ」

明らかに、洞窟の中でびくっと体を震わせる気配があった。洞窟に足を踏み入れようとするが、ひゅ、と息を詰める音がして立ち止まる。

「そこにいるんだろう?」

「う……、ぁ……」

息を殺しながら怯えている空気が伝わってきた。

そうか、ユキハと自分は初対面。この子にとっては、自分の家族や村人を虐殺した盗賊と同じに見えているのだ。知らない大人の男に恐怖している。

まだ二歳だと聞いた。言葉を尽くしても、自分が危害を加えない人間とわかってもらえるかどうか。むしろ、必死になればなるほど声音が強くなって怯えさせてしまうだろう。

無理に追えばユキハは洞窟の奥に逃げてしまうかもしれない。土で半分埋まった洞窟は、奥へ行けば危険だ。

どうすれば……。

しばらく考え、ふと思いついた。これならどうだろう。

「ユキハ。わたしはきみのお母さんとおばあちゃんの友達だ。聞いたことがないか? 白い狼の話を」

エイラム王国で白狼は王族の血筋の証であり、国民にとっては敬い親しむべき存在として、数多くの物語にも登場している。幼い時分から、白狼は強く正しく、自分たちの味方であると言い聞かせられるものだ。ましてや、王子の乳母であった一家の子であれば。

ゼノは白狼の姿を取ると、洞窟の入り口から中を覗いた。

狼の目は、すぐに幼児の姿を認める。

ユキハは小さな体をさらに縮こまらせ、震えている。咥えて引きずり出すのは簡単だ。でもそれでは、もっと怯えさせてしまう。安心させてやりたい。

「クゥ……」

ゼノが狼の声で甘えるように鳴くと、ユキハは大きな目を見開いた。

「……おーかみ……？」

か細い声に、ぎゅっ、と甘いものが胸に満ちる気がした。

そうだよ、おいで。出ておいで、きみの味方だから——ユキハ。

「クゥ、ウン」

呼び寄せるように甘え鳴きを繰り返すと、両手両足を地についたユキハはじりじりとこちらに近づいてきた。あと少し。

ユキハの目には、月光に映える白い狼の姿が浮かび上がっているに違いない。

親愛の情を込めて尻尾を左右に揺らすと、ユキハは動きに釣られるようにそろそろと洞窟を這い出してきた。

月光に照らされ、ユキハの相貌がはっきりと見える。

アレキサンドライトの民の特徴である黒い髪に青緑色の瞳、そして人形のような整った顔立ち。マリアーナの面影をはっきりとユキハの中に見つけ、それらは愛おしさできらきらと宝もののように輝いて見えた。

「おーかみ」

ユキハの声に、かすかに親しみが籠もる。

きっと繰り返し聞かされたであろう〝白狼は私たちの味方〟という言葉を素直に信じ、ユキハは白狼に向かって細い指を伸ばす。ゼノは黒い鼻先をちょんと指先につけ、次いで手のひらに頭をすり寄せた。

やわらかな幼児の手がぺたぺたと狼の頭を撫でる。怖がっていないのを確認して、ゼノはユキハの腕の中に自分の体を潜り込ませた。ユキハの体から、懐かしいエダムとマリアーナの匂いを嗅ぎ取って胸が絞られる。

「ふあふあ……」

ユキハは白狼の太い首に腕を回し、ぎゅっと抱きしめる。

と、ゼノにもはっきりとわかるほど、ユキハは大きく体を震わせ始めた。

「う……、ぅ……、っ、」

どこか怪我を？　と思った瞬間、ユキハは爆発するように泣き始めた。

「うあぁぁぁぁぁぁ、ああああ……っ！　うあぁぁぁん……！」

溺れる人のようにきつくゼノにしがみつき、渾身の泣き声を上げる。

突然訪れた恐怖と困惑の中で、温かくやわらかい、頼れるものに出会って一気に感情が爆発したのだろう。

無理もない。家に火をかけられ、見知らぬ男たちに家族が襲われて、訳もわからぬうちに逃げてきた。暗い森の中で、頼れるはずの母は倒れて動かなくなった。盗賊襲撃の知らせが届いてゼノが駆けつけるまで、おそらく三日はかかったはずだ。

たった二歳の子が。

どれだけ怖かったか。心細かったか。腹も減っただろう。

「あああああん！　うぇぇぇ……、ひ、……ひっ、く……」

全力でゼノに縋るユキハに、切なさが湧き上がる。

やがて泣き疲れたユキハは、糸が切れたようにくたりと眠りに落ちてしまった。

幼子の眠りは深い。ゼノが人の姿に戻っても、ユキハは目を覚まさなかった。

ユキハを抱き上げると、二歳児のあまりの軽さに驚く。

目の周りが赤く腫れ、黒く長いまつ毛に涙が絡んでいるのを見れば、胸が痛んだ。無意識になにかを探して伸ばされた手を、そっと握る。

するとぷっくりとした小さな唇がほんの少し開き――。

「かーたま……」

瞬間、強い感情がゼノの体を貫いた。

守ってやらねば。自分が。世界中のどんな悲しみも苦しみも、もうこの子に近づけない。笑顔にしかさせない。

「……ユキハ」

名をつぶやくと、甘やかでやさしい気持ちが胸に満ちた。眠る顔を見ていると、愛しさで泣きたくなる。こんなに稚けない生きものがこの世にいるなんて。

なんだこの気持ちは。庇護欲か。それとも守れなかった乳母母子への敬慕と贖罪の念が、忘れ形見の子どもへの執着を生んでいるのか。

「……どうでもいい」

理由なんていらない。大事なのは、この子を守ること。

城には戻らないと、マリアーナと約束した。なぜ、と彼女に問うことはできなかったが、少し考えればわかることだった。

アレキサンドライトの民は、すでに奪われるものとして認識されているだろう。盗賊や人買いの間でも、村を根絶やしにされたアレキサンドライトの民は絶滅寸前の希少種。ことに男となれば、どれだけ高値で売買されるか。もはや奴隷市にも出されず、闇で取り引きされるようになるに違いない。攫われたらまず見つからないと思った方がいい。

この子の存在は秘匿しなければならない。幼いうちはわからなくとも、年頃になれば瞳の色が変わることでアレキサンドライトの民と知れてしまう。

城には大勢の人間が出入りする。どれだけ気をつけていても、王子としての公務もある自分が片時も側を離れずに守ることは不可能だ。しかもゼノを快く思っていない兄王のもとで。よもや一生部屋に閉じ込めておくなどと残酷な真似もできまい。

瞳の色が変わるようになってから言い聞かせる？　人に会うな、外に出るな、――誰とも恋をするな、と。

馬鹿な。

人と触れ合いを持っておいて、育ってから突然もう誰とも会ってはいけないなどと言われても、受け入れられるわけがない。そんなことになったら自分の運命を呪うだろう。

だったら最初から、人と触れ合わない方がいい。外の世界など知らない方が幸せだ。存在を人に知られれば大きな危険が、万一攫われれば地獄が待っているのだから。

自分にできることはひとつ。

「……安心しろ、ユキハ。わたしがいる」

マリアーナの亡骸とユキハの寝顔を交互に見つめ、ゼノは固い決意を胸に秘めた。

◇◇◇ 1 ◇◇◇

きらきらとした陽光が、重なった葉の間から下生えに降り注ぐ。

ユキハは温かい日差しの下で、家の前にしゃがんでせっせと花輪を作っている。白い草花が絨毯（じゅうたん）のように前庭を覆（おお）って、春はユキハのいちばん好きな季節だ。

森の中に作られたゼノとユキハの家は小さいけれど、近くに泉があって、生活は充実している。昨年からは鶏（にわとり）も飼い始め、冬の間も卵を食べるという贅沢（ぜいたく）もできるようになった。

「できた」

ユキハは小さな白い花を編んで作った花輪を、天に向かって持ち上げた。青い空に白と緑が輪を作ってとてもきれいだ。

今日はユキハの七歳の誕生日だから、ゼノがごちそうを作ってくれると言っていた。だからそのお礼に、ゼノにあげよう。

「あ、ゼノ！」

白い狼姿のゼノが、ちょうど狩りを終えて戻ってきた。口に大きな鳥を咥（くわ）えている。思い切り手を振ると、狼はうなずいて獲物を置きに家に入っていった。

ゼノはすぐに人の姿を取って、簡単な長衣の腰を結っただけの服で家から出てくる。

「おかえりなさい！」

ゼノに駆け寄って両手を広げ、ぴょんぴょんと飛び跳ねると、ゼノの表情がやさしくほころぶ。ゼノはユキハの両脇を抱え上げて片腕に抱き、ふっくらとした頬に口づけた。

「ただいま、ユキハ。誰も来なかったか」

「うん」

森の中で暮らす二人を訪ねる人間はいない。ゼノが留守にしたのだって狩りに行った二時間くらいの間だけなのに、ゼノはいつもユキハにそう尋ねる。

でも以前一度、薪(たきぎ)を拾いに来て道に迷ったという人間が来たことがある。ゼノはユキハを家の中に隠し、その人間に水だけ分けるとすぐに追い返した。

ユキハはゼノ以外の人と話したことがないから、他の人間はちょっと怖い。

ゼノはユキハが他の人と関わることをすごく心配する。村に炭や毛皮を売ったり買いものに行くときは、一人にしないために必ずユキハも連れていくけれど、絶対に他の人間と関わらせることはしない。人相がよくわからないようにと、わざわざ灰で顔を汚していく。

商人と話をするのもゼノだけ。ユキハは隣で口を開かないようにしている。

ゼノが言うには、森で暮らす人間は町や村の人にとって〝異界〟の住人なんだって。だから、彼らにとっては森に住む人は自分たちと違う人。自分たちにとっても、彼らは別の世界の住人だから関わってはいけない。

難しくて全部はわからなかったけれど、どっちにしろゼノとユキハに好意的な視線を向けてくる人間はいなかったから、自分も誰にも話しかけなかった。

でも、ユキハはゼノだけいればいい。やさしくて、大好きなゼノ。二人だけの生活に、なんの不満も不自由もない。

「ゼノ。これ」

花輪を差し出すと、ゼノは華やかな笑顔になった。

「わたしに？　嬉しいな。ありがとう、ユキハ」

ユキハは腕を伸ばし、花輪をゼノの頭の上にちょこんと乗せた。

ゼノの褐色の肌に、白金の髪と白い花はとても映(は)える。これほど花冠(はなかんむり)が似合うなんて、ゼノが神話の中の英雄のようにたくましく美しいからだと思う。

狼の姿になったときと同じ色の、艶(つや)のある髪。ユキハとは違う褐色の肌は、とても男らしく見える。背が高くて、よく鍛えられた体と、整った容貌とその色合いは調和がとれて美しい。

ゼノと行った大きな町で馬に乗った軍人を見たことがあるけれど、ゼノの方がかっこいいと思った。

「ぼくもゼノがうれしいと、うれしい」

きゅうっとゼノを抱きしめると、嬉しそうな笑い声がユキハの耳をくすぐった。ゼノが笑うと、ユキハはいつも幸せな気持ちになる。

「だいすき、ゼノ」

「わたしもユキハが大好きだ」

嬉しくって、もっとゼノに甘えたくなる。

「おおかみさん、して」

おおかみさんは、ゼノが白狼になってユキハを背に乗せてくれる遊びだ。だんだんユキハが育ってきて、もっと体が大きくなったら、狼の背には乗れなくなってしまう。だから乗れるうちにいっぱい乗せてもらいたい。

「いいぞ」

ゼノはそう言うとユキハを下ろし、腰帯を外して瞬く間に白狼に変容した。長衣の間から抜け出て、白金の毛に覆われたきれいな体を低くしてユキハが乗りやすくする。

上手に頭に花冠を残した白狼の背に、「ん、しょ」とまたがった。ふさふさの首に腕を回す。

「もういーよ」

すると白狼はすっくと立ち上がり、ユキハを背に乗せたまま走り始めた。

「きゃあっ」

ユキハの歓声が、森の木々の間に響き渡る。

白狼は木の根を避けながら軽々と森の中を疾走し、小さな岩を飛び越え、鮮やかなピンク色の花が群生した野原にたどり着く。

「わあ、きれい」

ゼノの背から降りて寝転がると、鮮やかな青い空が目に飛び込んできた。

「ふわぁ……」

思わず感嘆の息を漏らしたユキハを、白狼のゼノが覗き込む。

涼やかな風に吹かれたピンクの花と、ゼノの白い毛と花冠、そして青い空。

やさしい琥珀色の瞳が、愛おしげにユキハを見つめている。

ゼノがぺろりと、ユキハの頬を舐めた。くすぐったさが楽しくて嬉しくて、ゼノの頭を抱き寄せて三角の耳にキスをする。

「だーいすき」

ふかふかの狼の毛と、温かな体温に包まれて安心する。ゼノがいれば、怖い獣も近づいてこない。たとえ近づいてきても、ゼノが追い払ってくれる。お昼寝をするには、最高の場所と天気だ。

ユキハは花冠を乗せた白い狼に守られて、安心して目を閉じた。

夕食には鳥の肉にハーブや木の実を詰めたシチューと、デザートには甘く煮た果物と焼き菓子までが出た。

普段は野菜と豆のスープと肉、果物は干してあるものが多い。砂糖やはちみつは貴重品だから、甘いお菓子なんてめったに食べられない。

「王さまのごちそうみたい！」

絵本で見た王の食卓のようで、ユキハは大はしゃぎした。

目を輝かせてごちそうをたいらげるユキハを、ゼノは目を細めて嬉しそうに見つめていた。

「たくさん食べて、強く大きくなりなさい」

「ゼノみたいに？」

ゼノは、

「そうだな」

と微笑した。

「いっぱい食べたら、ゼノみたいに大きくなれる？」

ゼノはユキハを見つめ、少しだけ言葉をためらった。

「……体が大きくなるかは、人種によっても違う。ユキハはもしかしたら、わたしほどは大きくなれないかもしれない。だが強くなることはできる。生活に必要な体力と技術を身に付け、狩りをして、一人でも生きていける知恵を持つことは」

一人でも、という言葉に、かすかな不安が胸をよぎった。

「ゼノ、いなくなっちゃうの……？」

「まさか」

ゼノは安心させるように笑ってユキハの頭を撫でた。

「わたしは一生、ユキハの側にいるよ。ただ、わたしはユキハよりずっと年上だろう？　おじいさんになったら、ユキハに守ってもらわなければいけない」

「いま、ゼノがぼくを守ってくれてるみたいに？」

「そうだ」

ゼノは二十七歳。七歳のユキハより二十も歳が上だ。

数字の数え方はゼノに教えてもらった。二十がたくさんの数なのは知っている。

「わかった」

ユキハはこっくりとうなずいた。

「ぼくがゼノを守ってあげる。だから安心しておじいちゃんになっていいよ」

ゼノは朗らかな笑い声を上げた。

「頼もしい。頼りにしているよ」

ゼノがおじいちゃんになっても、ずっと二人でいる。そのことに安心して、ユキハはデザートに手を伸ばした。

そして、甘い焼き菓子がユキハの皿にしかないことに気づく。菓子はユキハの小さな手のひらくらいの大きさしかなかったが、ためらわずに半分に割って一つを差し出した。

「半分あげる」

ゼノはほほ笑んで、そっとユキハの手を押し戻す。

「ユキハが全部食べていい。菓子なんてなかなか買ってあげられないんだから。それに、今日はユキハの誕生日だろう？」

たしかに焼き菓子は高級品で、お祝いでもなければ食べられない。

でも。

「半分こがいい。ゼノがおいしかったら、ぼくももっとおいしい」

ゼノは虚を突かれたように目を瞠り、やがてじんわりと表情を崩した。そして椅子を立つと、側に来てユキハを抱き上げた。

「やさしい子だ」

「ゼノの方がやさしいよ」

本当にそう思う。

ゼノはユキハに頬ずりをして、祝福するように額に口づけてくれた。

「わたしは幸せものだな。誕生日おめでとう、ユキハ。わたしの宝もの。愛しているよ、生まれてきてくれてありがとう」

たくさんの言葉をもらって、なんだか胸がくすぐったい。

でもゼノの喜びが伝わってきて、ユキハも嬉しい。ゼノの唇に焼き菓子をちょんとつけたら、素直に口を開いて菓子をかじった。

ゼノはユキハの手から残りの半分の菓子を取り、ユキハの口の前に持ってくる。ユキハも菓子をかじると、甘い蜂蜜の香りがふんわりと口の中に広がった。

額がぶつかる距離で互いに見つめ合いながら、さりさりと菓子を咀嚼する。同時に唇がほほ笑みの形を取って、幸せな気持ちが胸いっぱいに広がった。

「おいしいね」

「ああ」

そんな何気ない言葉のやり取りが、とても幸福だった。

満腹になって、ゼノとたくさんおしゃべりをしていたら、ふわぁとあくびが出た。

「そろそろ寝ようか」

「うん」

ゼノとユキハの家は小さくて、鶏小屋と玄関の他には部屋がひとつしかない。冬場に家の中に雪や冷気が入ってこないよう玄関と部屋の間は扉が二枚あるけれど、食卓もベッドも同じ部屋にある。

火種を絶やさないよう、スープの入った鉄鍋を吊り下げた竈にはずっと火が入っているから、暖を取るにも火事を防ぐにも同じ部屋なのは都合がいい。

いつもなら自分でベッドに行くユキハだが、今日はなんだかゼノに甘えたくて仕方ない。一人になっても、なんて言われてしまったせいだろうか。

ユキハはゼノに向かって両手を広げた。

「だっこ」

ゼノは笑って、ユキハを抱き上げる。ほんの数歩でたどり着いたベッドにユキハを寝かせると、毛布をかけてぽんぽんと胸もとを叩いた。

「おやすみ、ユキハ」

そう言ったゼノの手を引っ張る。

「一緒に寝たい」

「なんだ。今日は甘えん坊だな」

やさしく笑うゼノは断らないと知っている。

天気が悪くて窓が怖い音を立てて鳴るとき、怖い夢を見て泣いているとき、寒くて手足が冷たくて眠れないときも。

隣に並んだゼノのベッドに入れてくれたり、ユキハのベッドに来てくれたりする。

「狼の姿とどっちがいい？」

一緒に寝るとき、ゼノはいつもユキハの希望の姿になってくれる。狼姿のゼノはあったかくてやわらかくて気持ちいいけれど。

「ゼノがいい」

今日は昼間に〝おおかみさん〟といっぱい遊んでもらったから。

ゼノは毛布をめくってユキハの隣に潜り込む。ユキハの肩まで毛布をかけ、額にキスをした。

「おやすみ、ユキハ。いい夢を」

「おやすみなさい」

ゼノの手を探して握ると、やわらかい力で握り返してくれた。手を握ってもらうと、怖い夢は見ない。

明日もきっと楽しい日になるだろうと疑わず、ユキハは眠りに落ちて行った。

＊

夏の終わりには炭を、春には薬草を、折々に毛皮を売りに、ゼノとユキハは村を訪れる。年に一度は、村をいくつか隔(へだ)てた大きな町に。

ゼノはユキハが商人に足もとを見られぬよう、文字や計算や一般常識を教え、教養を与えた。

特に冬ごもりの間はほとんど外に出られないので、勉強の時間は充分にある。

いくつも季節が巡る中で、ユキハはしなやかな若木のように育っていった。獣を獲ることも炭焼きも覚え、十七歳になった今ではひと通り森で暮らすのに必要な知識は習得している。

「ゼノ、あの鳥を狙うから」

ユキハは少し離れた木の上にいる野鳥に、ぴたりと矢を番えた。隣では狼に変容したゼノが矢の先を見守っている。

慎重に狙いを定め、弓を引く。矢は吸い込まれるように野鳥を射抜いた。

野鳥が木から落ちると、狼姿のゼノが咥えて戻ってくる。いつもの狩りだ。

弓が得意なユキハは主に鳥を、ゼノは狼姿でうさぎや狐を獲ることが多い。ナイフで獲物を捌き、毛皮にしたり調理したりも慣れたものである。

自分たちが食べるに必要な野菜は庭に植え、二人だけの暮らしならば食うに困らない。

鳥を持ち帰り、捌いた肉と庭で採った野菜をスープ鍋に放り込む。それから庭で黄色い花を摘んでテーブルに飾った。

春になると、野菜や野草が収穫できて食事が豊かになる。さらに花を飾れば食卓も華やぐ。

日々居心地よく過ごせるよう、冬でもきれいな葉や色のついた木の実をテーブルに飾っているが、やはり春は格別で気分が浮き立つ。

「あ。ゼノ、タオル忘れてる」

壁にタオルがかかっているのを見て、急いで手に取った。狼姿で泥だらけだったゼノは泉で体を洗っているはずだ。泉は近いので自分もタオルを忘れたときは水に濡れたまま家に戻ってくることはあるが、まだ風が冷たいから持って行ってあげようと思う。

泉まで走ると、生い茂る葉の向こうにゼノの白金の髪が見えた。

「ゼ……」

声をかけようとして、ゼノの全裸の後ろ姿にどきりとして足が止まった。

溢れ出る泉の水が川のように岩の間を流れるせせらぎの中に座り、ゼノが手ですくった水を頭からかけている。

視線が吸い寄せられた。

たくましく広い肩から、くっきりと陰影を描く背中の筋肉の溝を水が流れて落ちていく。脇腹から腰にかけての男らしい線、なめした革のような褐色の肌、そして水流から見え隠れする下肢の――。

こくり、とユキハののどが鳴る。

以前ならただ憧れてやまなかった〝男〟の体つきに、なぜか頬が紅潮するような熱が体の芯に灯る。目が離せない。なんで……。

触れてみたい、という欲求が膨らんだとき、ゼノがこちらを振り向いた。

「ユキハ？」

ありえないほど心臓が飛び跳ねて、慌てて顔を横に向ける。

「あ、あの……、タオル、忘れてたから……っ」

早鐘を打つ鼓動が痛いほどだ。自分の顔が真っ赤に染まっているのがわかる。別におかしなことはしていないのに、奇妙なやましさを感じた。一体どうして？

数秒間を空けて、

「……ありがとう。そこの木にかけておいてくれ」

「う、うん……。先に戻ってるね」

どこか硬いゼノの声に、気まずさを覚えた。自分が妙な反応をしてしまったから、ゼノも不審に思ったのかもしれない。子どもの頃なら、一緒に水浴びをしていたのに。

そういえば、いつから一緒に水浴びをしたりお互いの前で肌を晒さなくなったのだろう？

速足で家に戻り、ベッドに腰かけて深く息をついた。まだ心臓がどきどきしている。

「あ……」

気づけば、なぜか陰茎が膨らみ始めている。慌てて両手でそこを押さえた。

（なんで……？）

かあっ、と頭に血が上る。

ときどきこんなふうになるときがあるけれど、なにが原因なのかわからない。普段はやわらかくて力ないこの器官が、排尿するときよりも芯を持ってしまう。

怪我をしたり痛かったりすればゼノに相談するけれど、ちっとも痛くないのが逆に不安で、隠さねばならない気がして言えなかった。

解決法がわからず戸惑うが、いつもしばらく押さえていればもとに戻る。

「なんなんだろう……」

ようやっと治まってホッとしたところで、ゼノが戻ってきた。先ほどの反応が気になって身構えてしまったが、ゼノはなにもなかったようにタオルを壁にかけた。

「タオルをありがとう、ユキハ。助かった」

よかった。いつもと変わらないやさしい笑顔だ。

おかげで自分も、普段通り軽口を叩くことができる。

「ゼノ、最近もの忘れ激しくなったんじゃない？」

「年寄り扱いするな」

二人で笑い合う。

「さあ、日が落ちる前に食事にしようか」

春とはいえ、まだ日没は早い。灯りのためのオイルランプや蠟燭は潤沢には使えないため、極力明るいうちに食事を済ませるようにしている。暗くなったら少しだけ灯りをつけておしゃべりをしたり着替えたりし、早い時間にベッドに入る。

「今日の食事に感謝を」

二人でテーブルに着くと、最初に食べものに祈りを捧げる。ゼノは食事のときの姿勢や食器の使い方、汚れた指を木皿に用意した水で洗うなど、とても所作が美しい。ゼノに育てられたユキハも、もちろん同じように振る舞う。指を洗うための水には森で摘んだ香りのいい草や美しい花びらを入れておくのも、食事を楽しい気分にする工夫だ。

森で見かけた愛らしい花やきれいな羽を持つ小鳥、面白い形の雲が出ていたことなど、なにげない会話を交わすこの時間がユキハはとても好きだ。

木を削って作った皿にスープを入れ、森で採った木の実を添えただけの食事はすぐ終わってしまうけれど。

「やっぱりまだ暗くなるのが早いね」

食事を済ませると、窓から見える空が薄暗くなっていて、ユキハは急いで窓に布をかけた。幼い頃からの習慣である。

夜は窓に布をかけて外から見えないようにする。

月の光の中では、太陽の下で活動できない魔物たちが森を闊歩しているという。月光を浴びた人間は魔物たちに仲間と思って連れていかれてしまうと、子どもの頃からゼノに言い聞かせられた。だから月から姿を隠さねばならない、と。

夜の森が危険なのは間違いない。夜行性の獣も多いだろう。夜の森は魔物と獣の世界であり、人間は息を潜めて朝の光を待つしかないのだ。決して魔物に見つかってはいけない。

ユキハが窓に布をかけると同時に、ゼノはテーブルのランプに火を灯す。

「わたしは食器を洗ってしまおう。ユキハは寝間着に着替えなさい」

「はい」

寝間着を手に取り、ベッドの側で服を脱ぐ。そしてふと気づいた。

——いつからゼノは、ユキハの着替えのときに背を向けるようになったのだろう？

不自然に思わずにいた。ゼノは食器を洗ったり、ナイフの手入れをしたりしているから。でも食器はほんの少ししかない。ことさら時間をかけて洗うようなものでもないのに、まるでユキハの着替えが終わるのを待っているかのようだ。

「…………」

気づいてしまえば、互いに緩やかに距離を取っていたことを意識する。

冬に泉で水浴びができず桶に汲んだ水で体を拭うときも、衝立の陰でするようになった。そういえば、おやすみのキス以外にゼノがキスをしなくなって久しい。自分もゼノに抱きついたのはいつだったろう。最後に一緒のベッドで寝たのは？

「ゼノ……」

まだゆっくりと食器を洗っているゼノの背中を見る。

ほんの数歩の距離なのに、なんだかすごく遠く感じて寂しくなった。焦りのような気持ちが浮かび、とてもゼノに抱きつきたくなった。

そっと背後に忍び寄る。いつもなら気配には敏感なゼノが、なにかから気を逸らそうとでもしているようにユキハに気づかない。

抱きしめようと伸ばした指先が、ゼノに触れる直前で止まる。以前のように無邪気に抱きつけない自分に戸惑う。

なぜ？

そんな自分が嫌で、ゼノとの距離が開いているように感じるのも嫌で、思い切ってぶつかるようにゼノに抱きついた。ゼノが一瞬体を硬直させる。

「……どうした？」

ユキハはゼノの背中に額を押しつけ、腕に力を込めた。

「ぎゅってして」

ゼノはわずかに躊躇う素振りを見せたが、手を拭うとゆっくり振り向いてユキハを抱きしめた。久しぶりに全身でゼノを感じて、ホッとすると同時にとてつもなく恥ずかしくなる。何年かぶりだから、こんなに恥ずかしいのだろうか。

「最近言わなかったのに、珍しいな。なにか怖いことでもあったか？」

昔なら、ここで頭にキスをしてくれた。背中を撫でてもくれた。今は、抱きしめる腕がどこかぎこちない。

ゼノに嫌われたかのような焦燥に駆られ、思わず口走った。

「今日、ゼノのベッドで寝ていい？」

ゼノが息を詰める気配があった。ほんのわずか、ゼノの体温が上がった気がする。

「……さすがにもう、二人で寝るには狭い。でもベッドも隣だし、風の音が怖いという歳でもないだろう？　わたしもすぐ寝るから、ユキハもおやすみ。明日は町に向けて出かけるぞ」

ゼノの言うことはもっともだ。なのに拒絶されたように感じて、なぜか切なくなった。

「うん……。ごめんなさい」

「謝ることじゃない。いくつになってもわたしの可愛い子どもだ。愛しているよ、ユキハ」

そう言われて嬉しいのに、どこか寂しい。この気持ちはなんなのだろう。

ゼノはやさしくユキハの体を離した。おやすみのキスをもらうために顔を上げたユキハとゼノの視線がぶつかる。

ちらりとユキハの唇を見たゼノの目が、かすかに細まった。なにかを堪えるように唇を引き結び、やがて詰めていた息を吐く。

「おやすみ、ユキハ」

そして、いつも通りのキスを額に落とした。

雪が解けて道がつながると、たくさんの人が町を訪れる。ゼノとユキハも、年に一度だけいくつかの村を経て大きな町に行く。

一年ぶりのヘルム・ラデの町にも商人や客が訪れ、大通りは人でごった返していた。灰で顔を汚し、外套のフードを目深に被ったユキハは、道ですれ違いざま男にどんと肩をぶつけられた。

「あ……！」

なんとか転ばずに済んだユキハに、怒声が降りかかる。

「どこ見て歩いてんだ小僧！　痛ぇじゃねえか！」

ずんぐりとした体格のいい中年男は、ユキハの手首をつかんで力任せに引っ張った。

「いた……っ」

男はユキハの白く細い腕を見て、「お？」と眉を上げた。

そしてフードをむしり取り、とっさに顔をうつむけたユキハを無遠慮に覗き込む。

二つに分けて三つ編みにしたユキハの黒髪が視界に揺れた。

「なんだおまえ、そんな恰好してるけど女か？」

ユキハが身に着けているのは男もののズボンとチュニックだが、暴漢対策に男装をする女性も多くいる。その類だと思われたのだろう。

男はユキハの体をじろじろと眺め、唇を淫猥に歪めた。

「ヘッ、男かよ。しかし男でこれだけ別嬪も珍しいな、オイ。肌も真っ白だしよ。せっかくのきれいな顔、こんなに汚しやがって。男避けのつもりか？」

粗野な男の言葉に、体が震えた。

普段ゼノ以外の人間と言葉を交わすことのないユキハには、男は森の獣よりも恐ろしい。いっそ獣だったらナイフで戦うこともできるが。

緊張で声も出ないユキハに、男は調子に乗ってずいと顔を近づけた。生臭い呼気がユキハの顔にかかる。

「なあ、おまえ森の民だろ？　薬草とか医術にはまあまあ詳しいんだよな？」

ユキハは森の民の証として、町に来るときには腰に狐の尾の飾りをつけている。それを見れば、誰からも森の民だとわかるのだ。森で暮らす民は外界と切り離されている。怪我も病気も自分でなんとかせねばならない。必然的に、薬草にはそこそこ詳しくなる。

男はにやにやと笑って、ユキハの手首をつかんだまま引きずるように歩き始めた。

「おまえにぶつかられた肩が痛ぇんだよ。骨が外れてねえか、ちょっと見てくれよ。おまえも怪我ねえか見てやるから」

連れ去られる！

周囲には町の人間が大勢いるが、危険そうな男を止めるものはいない。みな遠巻きに見て知らん顔をしている。

「い……、やだ……！　ゼノ……！」

ユキハが声を上げると同時に、男も叫び声をあげた。

「ぎゃっ！　いてててぇぇっ……！」

ユキハの手首から、男の手が離れる。驚いたユキハが見上げると、ゼノが男の腕を後ろ向きにひねり上げていた。

男はみっともないほど大仰（おおぎょう）な声で喚（わめ）く。

「は、なせ……！　いてえって……、は、放してくれよぉ……っ！」

ゼノは冷たい視線で男を突き放すと、ユキハの肩を抱き寄せた。

「わたしの連れだ。なにかあったなら、わたしに言ってもらおう」

男は脂汗（あぶらあせ）を流しながら、ぎろりとゼノを睨（にら）みつけた。

だが、森での生活で鍛えられたゼノの体は見るからに強くたくましい。フードを目深に被った背の高いゼノに睥睨（へいげい）され、男はじりっと後ずさった。

「な、なんだよ、くそったれ……！　〝異界〟の人間なんざこっちから願い下げだ、気味の悪い……！」

男は悪態をついて唾（つば）を吐き、そそくさと歩き去っていった。

ユキハの肩を抱くゼノの手に力が籠もる。ゼノの顔を見上げると、心配そうにユキハを見ていた。

目が合った瞬間、どきりとして顔が赤くなったのが自分でもわかった。ゼノはすっとユキハから手を放す。

「怪我はないか」

「う、うん……、ありがとう」

触れられた肩が熱い。

なぜか火照る頬は灰でごまかせているだろうか。

「わたしが軽率だった、すまない」

「そんなことない」

ゼノに謝らせてしまったのが申し訳なくて、ユキハは下を向いた。

森での生活は基本的に自給自足できているものの、衣服を始めとする布類、塩や油、紙などまでは手が回らない。だから自分たちで作った炭や毛皮と引き換えに、いちばん近くの村まで買いに出る。そしてユキハもゼノも大好きな本に至っては、一年に一度だけ訪れる大きな町で買うしかない。

ゼノは決してユキハを一人にはしないけれど、いずれは自分一人で行動しなければならない状況もあるだろう。

今日は練習のためにユキハが薬草を薬屋に売り、その金で本を買いに行くところだった。薬屋には安く買い叩かれそうになったが、町では貴重な薬のもととなる木の根と抱き合わせにし、無事希望の値段で売ることができた。

森の民がなにかを売りにきたら、金を持っているのはわかりきったことだ。あの男も最初は難癖をつけて、ユキハから金を巻き上げるのが目的でぶつかってきたに違いない。

ゼノが離れた場所からちゃんと見守っていてくれてよかった。

「おまえがわたしのように大きな男だったら、いらぬ苦労をせずに済むものを……」

ゼノの言葉に、余計うつむいてしまった。

ゼノに憧れて、ゼノのようになりたくて、一生懸命体を鍛える努力をした。その甲斐あってか病気もほとんどせず体は丈夫だけれど、森の中にいて日に焼けない肌は白いままだし、筋肉もちっともつかない華奢な体軀は変わらなかった。

そういう人種なのだとゼノは慰めてくれるが、残念なことに変わりはない。

「さあ、日が暮れる前に宿に行くぞ」

歩き出したゼノの後ろを、陰に隠れるようにしてついて歩く。こんなふうに守ってもらわなければ道も歩けない自分が情けない。町を行く人がみな恐ろしく見えて、さきほどの男を思い出して体が震えた。

ゼノがユキハを振り返る。

ユキハの怯えは、ものごころつく前から育ててくれたゼノには簡単に見透かされてしまう。

ゼノはなにも言わず、ユキハの手を握った。

「……っ、……」

じんわりと、ゼノの手の温かさとやさしさが流れ込んでくる。泣きたいほど安心した。この手があれば大丈夫だと、子どもの頃から刷り込まれてきた頼もしさ。

「ゼノ、大好き」

つい口をついて出た言葉に、ゼノはやさしく笑って答えた。

「わたしも大好きだよ、ユキハ」


宿屋の女主人は、ゼノとユキハを見ると露骨に顔をしかめた。

「あんたたち、ベッドに入る前には顔と体を拭いてちょうだいよ。寝具を汚されちゃかなわないからね」

灰だらけの顔にわざと泥で汚した服では、そう言われるのも無理はない。

水を入れた桶と燭台を手に三階の部屋に上がった。ゼノは外からの侵入者を気にして、いつも二階以上の部屋を選ぶ。

部屋の扉を開けて、どきりとした。

「あ……、今日は、ベッドひとつなんだ……」

狭い部屋に木の机と椅子、ぎりぎり二人で横になれそうなベッドが一台置かれていた。先日ユキハと同じベッドで眠るのを断ったゼノは、気まずげに視線を逸らす。

「すまない。今回はどうしてもベッドが二つある部屋は取れなかった」

「う、ううん……」

ユキハもぎこちない笑みを浮かべて首を振る。

冬が明けて、ヘルム・ラデの町には一斉に商人や客が訪れる季節だ。宿も混みあっている。

部屋に入ってまずゼノがすることは、部屋の窓に布を張ることだ。月の光が入らないように。

燭台だけの灯りで部屋は薄暗い。ゼノは水桶とタオルをユキハに差し出した。

「先に顔を拭いていい」

「ありがとう」

女主人から見れば二人は薄汚れて見えるだろうけれど、実際は汚しているのは顔だけである。

ゼノはきれい好きで、冬でも毎日水で絞ったタオルで体を拭っているし、汚れた衣服も嫌いでこまめに洗濯もする。

今着ている服はわざと泥で汚してあるが、下の肌着は二人とも清潔なものだ。

ユキハは外套を壁にかけ、顔の汚れを落とすと、チュニックとズボンを脱いで肌着姿で先にベッドに潜り込んだ。いつもの自分のベッドと違うから、少々落ち着かない。

一年に数回しか森を出ないユキハにとって、町での宿泊はちょっとした冒険も同然である。

横向きに転がったユキハの背後から、ちゃぷ……、とゼノが水を使う音が聞こえた。

途端、心臓が走り出す。

（ゼノ……）

きゅん、と疼（うず）く胸を、肌着の上から押さえた。

きっと顔を洗っているだけだ。いや、もし体を拭っていたとしても、家にいるときと同じなだけ。いつもと違う場所だから、なんだか気持ちが高ぶっているに違いない。

そう思うのに、なぜか数日前に見たゼノの体が脳裏にちらついて頬が熱くなる。

ユキハに背を向けて体を拭っているときの、広くたくましい背中。長い手足が動くと、樹木の瘤（こぶ）のようにはっきりと力強い筋肉が浮かぶ。あんなふうになりたいと憧れて見ていただけなのに、なぜか胸が高鳴った。

泉や庭先で水浴びをするときは、頭から水を被って汗を流す。ぶるりと頭を振ると、白金の髪からしずくが散ってきらきら輝くのがとてもきれいで。

神話の神のような褐色の裸の胸や腹を、筋肉の溝に沿って水が流れ落ちていき――。

「……、ぁ、っ」

ぴく、と脚のつけ根が動いた気がして慌てて手で確かめると、陰茎が硬く張りつめている。

「どうした？　ユキハ」

横を向いているユキハの目の前に突然ゼノの褐色の手が置かれ、心臓が飛び跳ねた。

ぎっ……、と二人分の体重を乗せた木のベッドがきしむ。

ゼノは背後からユキハの体を囲い込むように手をつき、心配そうに上から覗き込んでくる。

「さっき怖い思いをしたから、気分が塞いでいるのか？」

ゼノはユキハの様子を確認するように、ユキハの頰にかかる髪を指先ですくって耳にかけた。

（うわ……！）

ゼノの指の感触に、手の中の陰茎がびくんと跳ねてますます硬さを増した。

「ユキハ？　具合が悪いのか？　顔が赤……」

許しを請うように横目で見上げたユキハと視線が合った瞬間、ゼノは目を瞠った。息を吞み、尖ったのどの骨が上下に動く。

「ユキハ……」

ゼノがなにかを恐れているような表情をしている。急に不安が押し寄せた。

なぜゼノがこんな反応をするのだろう。もしかして、ユキハの下肢の変化がゼノに知られている？　こんな場所が硬く膨らむなんて、気味悪がられるに決まっている。

ゼノは一瞬だけ目を細めると、息を深く吸ってから大きく吐き出した。

困惑するユキハの頭を、ゼノがやさしく撫でる。

「すまない。おまえの発育がゆるやかなのをいいことに、きちんと教えることを怠っていた」

「……え？」

手を取って起き上がるよう促される。

ゼノに向かい合う形でベッドの上にぺたりと座るが、断罪される罪人のような絶望的な気持ちになった。自分の股間が膨らんでいるのが下着の上からでもわかってしまいそうで、極力腰を後ろに引いて目立たぬよう努める。

「脚の間の……、性器が腫れてしまうんだろう？」

言い当てられ、真っ赤になって下を向いた。やはりゼノにはすべてお見通しなのだ。

「恥ずかしがることはない。自然なことだ」

ゼノはあえてのように淡々とした口調で言った。

「自然な……？」

「そうだ。動物が子を作るために、性交をすることを知っているな」

森で獣たちが交わっている場面を何度か見たことがある。なにをしているのかとゼノに尋ねたら、ああして体を繋いで子作りをしているのだと教えられた。それでどうして子どもができるのかは、特に知る必要もなかったので聞かなかったが。

「雄の性器からは子種が出る。精とも言う。雌の体内に精を注いで子を作る」

それで子が雌の腹に宿るのかと、今さらながら納得する。

お父さんと、お母さんと、子ども。

絵本で見る〝家族〟は、だいたいその組み合わせだ。ときどき祖父母がいることもある。ゼノと二人きりで暮らしているユキハには想像しかできないけれど、自分にもかつては母と祖母がいたとゼノから聞いた。

母がいるというのは、どんな感じなんだろう。尋ねればゼノはユキハの母の話をしてくれる。マリアーナという名で、とても美しかったと。だが絵姿すらない母の存在に実感は湧かない。ゼノとの生活にはなんら不満はないが、それでも森の獣が子連れでいるところを見れば、うらやましく思うこともあった。

「でも……、ぼくは子どもを作ってるわけじゃない……」

なのにこんなふうになるのは異常なのではないか。

「男性の体というのは、そういうふうにできている。子どもから大人の体になってきたということだ。性交をしなくとも、精は定期的に排出しないといけない」

そんなことを言われても、排出の仕方がわからない。

「どうやって……？」

「自分の手で性器を握って、前後にこする。それで快感を得れば、自然に精が搾られる」

想像がつかなくて、頭の中が混乱している。精を搾るとは、山羊の乳のようにか。自分の手でそんなことを……。

快感とは？

どこが、どんなふうに？

考えるだけで動揺した。

「わかんないっ……、自分でなんてできない……！」

性的な知識などほとんどない自分にいきなり一人で処理しろと言われても、焼けた鉄鍋を触れと言われたのと同じくらい怖い。体を洗うときか排泄時にしか触ったことがないのに。

ゼノは困ったように表情を曇らせた。琥珀色の瞳をすがめ、口もとを片手で覆って考え込む。しばらく悩んだ末、ゼノはユキハの手を取った。

「おいで」

ユキハを引き寄せ、ベッドに腰かけた自分の脚の間に座らせる。

後ろから抱き込まれる形になって、背中がぴったりとゼノに重なった。急激な密着に、心臓がすごい勢いで走り出す。

「もっと早くから少しずつ教えてこなかったわたしの責任だな」

ゼノの声が耳朶をかする距離で聞こえ、背筋がぞくぞくとして身を竦ませた。

「怖がらなくていい。わたしに任せて体を楽にしていろ」

なにをされるのか、すぐに悟った。

「だめっ……」

ユキハの脚の間に伸ばされたゼノの手を、とっさにつかんで止めた。だがゼノはそのままユキハの手を取って下着の中に導き、自分で性器を握らせる。

「やっ……、こんなの……」

恥ずかしい！

芯を持った肉棒は自分の体とは思えないほど硬くて熱くて、怖くて泣きそうになる。手を離したいのに、上からゼノがしっかりと握っていて離せない。

「手伝うのは今回限りだ。秘めごとは人に見せるものじゃない。次からは自分で慰められるよう、やり方を覚えなさい」

「……ゼノも、してるの？」

「ああ」

簡潔に答えられ、少しだけ怖くなくなった。ゼノもしているなら、これは当たり前のことなんだと自分に言い聞かせる。

握った手を上下に動かされると、肉茎から得も言われぬ感覚が這い上がってきた。

「ん…、あ……」

下腹に熱が集まっているようだ。

「あぁ……、や、なん、で……」

こすり上げるたび、じんじんとした甘い痛みが手の中で強くなる。泣きたくなるような切なさが胸の中で渦を巻いて、知らずに声が漏れた。これが快感というものなのか。

「あ……、あ、ん、……んん……っ」

自然に逃げそうになる腰は、ゼノがもう片方の腕でユキハの体をしっかりと抱いているせいで、ほとんど動かせない。

「あ、あ、あ……、やぁ……、ゼノ……」

名を呼ぶと、重なるゼノの手の力がわずかに強まった。かすかに荒くなったゼノの吐息が耳にかかる。

全身が熱い。でも、背に当たるゼノの体はもっと熱い。

下腹の奥から、なにかが駆け上がってくる。肉茎の中を通って、外に出ようとしているなにかが。

無意識に腰を前に突き出そうと、下肢と臀部(でんぶ)に力が籠もった。陰茎の先端が下着の布に当たって、ぬるついた快感が脳に刺さるみたいに襲いかかる。

絶頂を予感して、つま先をぴんと立てた脚が震えた。駆け上がっていく。

「ああ……、ああ、もうっ……」

興奮で心臓が痛い。頭が曇る。呼吸が苦しい。助けて……、たすけて——!

「ゼノ……ッ!」

瞬間、頭の中が真っ白に弾(はじ)け飛(と)んだ。

雄茎が溶けるような悦楽と、かつて感じたことのない解放感。

数回に亘(わた)ってがくがくと体を揺らし、すべてを出し切ると脱力してゼノにもたれかかった。

「ん……」

頭がくらくらする。閉じた瞼のまつ毛に絡んだ涙が、つぅと頬を伝う。走ったわけでもないのに息を荒らげて、薄い胸を喘がせた。

快感にたゆたうユキハのこめかみに、温かくやわらかい感触が押しつけられた。誘われるように目を開くと、濡れて曇るユキハの視界で、ゼノがハッとした表情で顔を逸らす。

「ゼ、ノ……」

声がかすれる。

今のキスは、おやすみのキスとは違う気がした。

だがなにかを問う間もなく、ゼノはユキハが精を放つ瞬間だけずらした下着をもとに戻して立ち上がった。

先ほど顔を洗った桶で手を洗い、水で絞ったタオルをユキハに渡す。

「手を拭きなさい」

見れば、ユキハの手指にもぬるぬるとした白い体液がついてしまっている。

これが精か。

指と指の間に糸を引くほどねっとりとしていて、とてもいやらしく見える。これが子を作る種になるなんて信じられない。

ゼノはユキハにタオルを渡すと、自分は足もとにしゃがんで床に散った精を捨て布で拭った。

「そ、そんなの、自分でやるから……！」

自分が汚してしまったものを、ゼノに始末させるなんていたたまれない。

「いいから。だが次からは用場でするか、水浴びのときにでも済ませるといい」

人に見せるものではないとゼノは言った。ユキハが知らなかったのも、きっとゼノもそういうときを選んでしていたからだ。

ゼノは床を清め終わると、タオルと捨て布を桶に放り込んだ。ベッドから距離を取り、壁際に立つ。だが視線はまっすぐユキハに向けられた。

「それから、自分を慰めるときは、性的な想像をするといい」

「性的な想像？」

「たとえば、女性の体を想像する、とか」

そう言われても、なにも思い浮かばない。他者の介入なく森で暮らしてきて、女性というものの存在は知っていても実感はない。ましてや見たこともない体を想像するなど。

「おまえも年頃の男だ。当たり前に女性に興味があるだろう？」

決めつけるような言い方に、ゼノが肯定を求める気配を感じた。

ゼノらしくない。今まで他人のことなんか口に出したことはないのに。

なぜか自分が拒絶された気がして、悲しくなった。精を搾る手伝いなんてさせてしまったから、怒っているのかもしれない。

「ぼくは……、女性のことはよくわからない。なんとも思わない」

ゼノは琥珀色の瞳を眇め、唇を引き結んだ。

呆れているのだろうか。

ゼノはなにか言いたげに唇を動かしたが、しばらくためらったあと軽く頭を振ってため息をついた。

「疲れたろう。もう寝なさい」

そしてベッドまで歩いてくると、いつものようにユキハの額に口づけようとした。

ゼノの唇がユキハの額に触れる寸前で止まる。

どことなく厳しい顔をしたゼノは、そのまま体を起こした。

「もうおやすみのキスが必要な子どもではないな」

突き放されたような気持ちになった。

ゼノはそのままベッドから離れると、壁にかけてあった外套を身に纏う。

「どこに行くの？」

「少し出てくる。しっかりと鍵をかけて、わたし以外の人間が声をかけても決して扉を開けないように」

「でも、もう夜だよ」

夜は獣や悪い精霊が出て危ないから、暗くなったら絶対に外に出てはいけないと子どもの頃から厳しく言われている。だからユキハは日が落ちる前には必ず家に入る。ゼノも夜は必要最低限しか外に出ない。

それともそれは森の中だけの話で、町は人間が大勢いるから平気なのか。

「大丈夫だ。わたしは……、半分、獣だから」

どこか自嘲したようにも聞こえる声で言う。ゼノは部屋を出ていく寸前、ユキハを振り向いた。真剣な目が怖いほどだった。

「忘れるな。決して、決して月の光を浴びてはいけない。窓には近づくな。余計なことは考えず、わたしの言うとおりにしなさい。返事は？」

「はい……」

ゼノの言うことに逆らおうなど、幼少時から一度も思ったことはない。

「いい子だ、ユキハ。おやすみ」

そう言って、ゼノは足早に部屋を出て行った。

残されたユキハは、言いつけ通りベッドに潜るしかない。本当はゼノがどこへ行くのか、窓から確かめたいけれど。

たとえゼノにはわからないとしても、見えないところで言いつけを破ろうとは思わない。

扉に鍵をかけてベッドに入り、眠ろうと努力した。

だがちっとも眠気は訪れない。先ほどの行為が何度も頭を巡ってしまい、逆に目が冴える。

ゼノの手と体の熱さ、息遣い、大好きなゼノの匂い——。

「うそ……」

またしても、陰茎が膨らみ始めている。さっき出したばかりなのに、どうして。

治まりそうになくて、こわごわ下着の中に手を差し入れて握り込んだ。

「っ、ぁ……」

気持ちいい。

覚えたての快感を追って、たどたどしく自慰を始める。ゼノが教えてくれた手の動きを思い出しながら。

（ゼノも自分でこんなふうにしてるんだ）

思ったら、一気に快感が強まって陰茎が硬く腫れ上がった。

「ゼノ……、ゼノ……！」

名を呼ぶたび、興奮が高まって心臓が痛い。ゼノの自慰姿を想像したら快感が暴走して、あっけなく精を放った。

「は……、ぁ……」

左手で受け止めた精が生温かい。官能的な匂いが立ち昇る。

下着から抜いた手のひらに、白い精溜まりができている。それを見ていたら、じわじわと虚しさが襲ってきた。

ゼノは自分を慰めるときに女性を想像するのだろうか。

考えるだけで胸にもやもやしたものが広がる。知らない感情だ。

ゼノに対する気持ちが、変わった気がする。いや、ずっと持っていた不安定な感情が、一気にかき集められて形を取ったような。

でもその感情にどんな名前がついているのかわからない。

「ゼノ」

名前をつぶやくと、甘いさざ波が胸に生まれる。大好きな名前。大好きな人。唯一の家族。

眠れずに待っていたけれど、ゼノは朝まで帰ってこなかった。

◇◇◇ 2 ◇◇◇

再び灰で顔を汚し、外套を羽織って、目立たぬよう食堂の隅に座って朝食を取った。

「買いものを済ませたら、すぐに町を出よう。日が落ちる前に次の村に着くぞ」

「うん」

いつも町に来たときと変わらない会話。

昨夜はどこにいたのかと尋ねても、酒を飲んでいたと言うばかりだ。ゼノはときどき酒を飲むけれど、なにかあったときに動けないといけないからと言って、いつも一杯だけ。一晩中飲むことなどない。その証拠に、酒臭くもなかった。

でもこれ以上聞いても答えてくれるとは思えない。昨夜の気まずさを引きずりながら、会話もなく食事をする。なんだかゼノと心の距離が開いたようで寂しい。

食堂にいると、いろいろな話が聞こえてくる。雪解けの季節は近隣から一斉に集まった人々が、情報交換やうわさ話に興じるためだ。

スープを口に運んでいたら、隣のテーブルの会話が耳に飛び込んできた。

「そういや、サーベルタイガーの獣人から、子どもが盗まれたってえじゃないか」

ゼノはほとんど他人と話さないが、彼らの会話に意識が向いたのがわかった。

「ついにかよ。大型肉食獣人からとは、やり手の盗賊もいたもんだ。獣人たちもずいぶん警戒してただろうになぁ」

「そりゃおまえ、サーベルタイガーを飼ってみろよ。見栄えはいいし、自慢できるぜ。首に豪華な鎖つけて、金持ちどもが仲間に見せびらかすんだろうよ。高く売れるんだから、盗賊だって危険を冒す価値はあるだろ」

聞いていて嫌な気分になった。

変容すれば危険な大型肉食獣とはいえ、半分は人間なのだ。ゼノだって半分は狼だけれど、人間と変わらない。

ゼノが首輪に繋がれている姿を想像したら、辛くなった。

「ま、国王陛下は獣人保護にゃ関心ねえからなぁ。保護区ももう名前ばっかだし」

「関心ねえっていうか……。なあ、聞いたことあるか？」

隣のテーブルの男は、向かいの男の方に身を乗り出して声を低くした。

聞きたい会話ではないが、テーブルとテーブルの間が人ひとりなんとか通れる程度の間隔しかないから、嫌でも聞こえてしまう。

「盗賊を雇って希少人種を襲わせてるのは、国王……アルヴィンさまだってうわさだぜ」

スープを口に運ぶゼノの手が止まった。

「あり得なくもねえ。白狼に対抗できそうな獣人は目障りに思ってるって、もっぱらの評判だからな。アルヴィンさまは王座にしがみつきたいあまり、自分より出来がよかった弟さえ殺したってえ話だし」

物騒な話になってきた。

そういえばゼノも白狼だ、と今さら気づいた。王族の話など遠い世界すぎて考えたこともなかったが、ゼノはもしかして王家に関わりがある人間なのだろうか。まさか。

だったら森でなんか暮らさずに、城にいるはずだ。

獣人は種族でまとまりをつくるものもいれば単独で生活するものもいる。もっとも数が多いと言われるうさぎ種の獣人など、ユキハたちの森にいちばん近い村にもいるくらいである。狼はもともと単独か家族単位で縄張りを作る種族だから、狼種の獣人もあちこちに散らばっているのだろう。

「ユキハ、出るぞ」

突然ゼノが冷たい声で言う。

「でも、まだスープが……」

ゼノが忙しなく席を立ったので、ユキハも急いで後に続いた。礼儀作法には厳しいゼノが、食事の途中で席を立つなんて珍しい。

ユキハたちがテーブルを離れるときも、彼らの会話は続いていた。

「殺したっつーか、行方不明になったんじゃなかったか？　ほらあの、なんとかってえ希少民族の保護区が焼き払われたとき」

ゼノがユキハの手を強引に引く。

「早く！」

よろけるようにゼノについていき、店を出たところで心配になって声をかけた。

「どうしたの、ゼノ？　具合が悪い？」

どこかで休みたいのだろうか。

ゼノは厳しい顔をしたまま、ユキハの手を離して息をついた。

「そうじゃない。悪かった、食事の途中に」

「ううん」

それはいいのだけれど。

心配そうにゼノを見上げるユキハを見て、ゼノはやっと表情を弛(ゆる)めた。

「大丈夫だ。さあ、必要なものを買って帰ろう」

いつものゼノだ。

ゼノはユキハに心配をかけないよう、なにかあっても常に笑顔でいてくれる。どこかが痛むときも、自分が辛いときも。

それに気づいたのはいつだったか。ユキハも甘えてばかりでなく、ゼノに頼られるようになりたいと思った。現実は、自分は力もなくゼノに守られてばかりで情けない。

それでも、自分はゼノの前ではできるだけ笑顔を作る。ゼノはユキハが暗い顔をすると心配するると知っているから。

本屋に向かって町を歩いていると、だんだんと心が浮き立ってきた。

村でも注文すれば手に入る本はあるが、何ヵ月もかかる上に、ちゃんと希望のものが届く保証はない。だから町で直接自分で本を選べるのは、二人にとって最大の楽しみだ。

勉強のための本も物語も好きだけれど、ユキハのいちばんの目当ては。

「新しいお料理の本があるといいな」

ユキハが言うと、ゼノは小さく笑う。

「おまえは料理の本が好きだな」

「だって、見てて楽しいから」

特に宮廷料理や貴族の食卓で出されるような豪華な料理が載っている本が好きだ。料理本には完成した料理の絵が載っていることが多い。

どれもきれいでおいしそうで、見ているだけでわくわくする。どんな味がするんだろう、こんな料理をゼノと一緒に食べられたらなと、想像するだけで胸がいっぱいになる。

子どもの頃、ゼノがくれた絵本で初めて王さまの食事の絵を見たときから憧れていた。いっぱい飾りのついた菓子だとか、孔雀(くじゃく)の羽飾りをつけた鳥の丸焼きだとか、花の形にカットされた外国の果物だとか。

幼い頃に絵本の絵を真似して、いつもの料理を鳥の羽根で飾りつけたことがある。今にして思えば子どもの作った不格好な料理だったが、ゼノはとても喜んでくれた。

それ以来、食卓には少しだけ彩りを足すようにしている。美しく紅に染まった葉や、きれいな色の木の実がついた枝を皿に添えてみたり。スープだけのときも、テーブルには花を置く。

本屋へ行くのに浮かれるユキハの様子をほほ笑んで見ていたゼノが、ぽつりとつぶやいた。

「おまえにも食べさせてやりたいな」

なにを？　と聞こうとしたとき、向かいから歩いてきた五、六人の男たちが突然二人を取り囲んだ。

ゼノがユキハを自分に引き寄せ、男たちに警戒の目を向ける。

真ん中にいる男が一歩前に出て、にやにやと笑った。

(昨日の男だ！)

ユキハにぶつかってきた、柄の悪い中年男だった。

「おい。異界の住人なんかが、町で堂々と歩けると思ってんのか。もっとこそこそ、犬みたいに道の端っこを背中丸めて歩いてりゃいいんだよ」

執念深い男は、仲間を連れて昨日の報復に来たのだ。

以前から、森の民は町であまりいい顔をされることはなかった。だがゼノは基本的に店の人間としかしゃべらないし、体格がいいので、こんな絡み方をされたことはない。

自分がいるせいで……。

町の人々は、関わり合いにならないよう見て見ぬふりをしている。

ゼノはユキハを背に庇うと、

「この子に手を出さないなら、わたしのことは気が済むようにしていい」

「ゼノ！」

出てくるな、と視線で止められる。

体が震えた。男たちは素手ですらなく、手に手に木の棒や刃物を持っている。自分たちも森にいるときはナイフを携行しているが、町に来るときには持ってこない。まさか獣に襲われるとは思わないからだ。けれど、彼らは獣よりたちが悪い。

男たちはゼノの言葉を聞くと、わざとらしく腹を抱えて笑い出した。

「そんなわけねえだろう！　二度と異界から出てこようなんて思わねえように、二人ともしっかり折檻して躾けてやらねえとな」

暴力的な言葉に身がすくむ。

ゼノは、

「そうか」

とだけ答えると、間髪を容れずにユキハの手を取って踵を返した。

「走れ！」

突然振り向かれ、ゼノに突き飛ばされた一人の男が尻もちをつく。

ゼノに引っ張られ、ユキハも全力で駆け出した。

森で暮らす二人の脚力は強い。ましてや森に比べれば舗装(ほそう)された町の道路は走りやすいことこの上ない。

あっという間に男たちと距離が開き、

(逃げられる!)

と思った瞬間、ユキハの足になにかがぶつかった。

「あっ……!」

ぶつかってきたものに足を取られ、思い切り転んだ。男たちの誰かが投げた木の棒がユキハの足に当たり、体勢を崩したのだ。

木の棒と一緒に道路に転げ、したたか膝を打つ。

「つう……っ」

「ユキハ!」

急いでゼノが助け起こしてくれようとするが、男たちにたちまち追いつかれてしまった。

「逃がすかよ!」

ユキハを庇うゼノの肩越しに男たちが武器を振りかぶる姿が見え、衝撃を予感して硬く目をつぶった。

だが。

「ぎゃああああぁぁぁ――――っ、っ、っ！」

予想した痛みはなく、恐ろしい叫び声が響き渡った。

ハッと目を開くと、白金の毛皮が視界に飛び込む。

「ひ、ひいいいっ、狼……！」

「狼だあっ、逃げろ！」

周囲が狂騒に包まれ、人々が一目散に逃げていく。馬乗りになった白狼に腕を食いつかれた男は、泣き叫びながら手足をばたつかせていた。

「た、たすけ……、誰かぁ……っ！」

白狼は男から飛び降りると、逃げ出した人々を追いかけるふりで数十メートルだけ走ったあとに戻ってきた。おかげで、周囲の建物は固く扉を閉ざして静まり返っている。

男はほとんど腰を抜かしていて、泣きながら壁に向かって這いずっていった。

「ゼノ、今のうちに」

ユキハはゼノが変容したときに散らばった服をかき集めて手に持ち、白狼を伴い町の外れに向かって走り出した。

「こっち」

路地裏に入って身を隠し、ようやっと息をつく。

白狼が心配そうにユキハに身をすり寄せ、転んだときに擦りむいた膝をぺろりと舐める。すでに薄くなっていたズボンの膝が破れ、膝から血が滲んでいた。

「ありがとう。大したことない。ゼノこそ、怪我はない？」

見れば後ろ足に切り傷がある。男たちの持っていた刃物が当たってしまったのだろう。

白狼は自分で足の傷を舐め、大丈夫だというようにぱたりと尻尾を振った。

ユキハは白狼を抱きしめる。

幼い頃から、ふかふかのゼノを抱きしめると安心した。どんなに怖いときも、この手触りとぬくもりがあれば心が落ち着いた。

ゼノもそれをわかっていて、あえて狼姿のままユキハに寄り添ってくれる。そういえば、人間姿では抱きしめなくなったけれど、狼姿のゼノならいつも抱きしめていたなと、こんなときなのにうっすらほほ笑んだ。

目立つ騒ぎを起こしてしまったら、もうこの町には来られない。

目を閉じて、怖い記憶を頭から追い払った。

「早く二人だけの森に帰ろう？」

こんなに森が恋しいと思ったことは、かつてなかった。

藍色の広がり始めた空に、月が淡く姿を現している。

町から逃げてきた二人は、林の中にある無人の猟師小屋に身を隠した。町を取り囲む林の中には、町に降りてくる獣を始末する猟師が使うための小屋が点在している。

もっぱら昼の間だけ使われるのでベッドもない簡素な空間だが、雨風をしのぐには充分だ。動物を捕らえるための網や縄、猟師同士の合図のための鏡などが置いてある。

「ゼノ、大丈夫？」

「……ああ」

ゼノは荒い息をつきながら、床に積まれた藁の上に横になっている。傷を負っているのに無理をして動いたせいで、発熱しているのだ。

町で騒ぎを起こしたために、馬車を借りられなくなった。いつもなら日が落ちる前に次の村に着くために馬車を使って最短の道を行くが、万一追われたときを考えて林の中を遠回りした。

ゼノの足の怪我を考えれば無理には走れない。途中で日が落ちてくれば、小屋でひと晩を明かすのは致し方ないことだった。

ゼノは常に携帯している痛み止めの丸薬を飲み、林の中で見つけた薬草を潰して傷に塗布した。これで傷が広がることはないだろう。必要なのは休息だけだ。

小屋に着いてから、置いてあった木桶を使って汲んだ水を柄杓ですくって飲ませ、ハンカチを濡らして汗ばむゼノの額を丁寧に拭う。まだ冷たい水は、発熱した体に心地いいだろう。ゼノの呼吸が少し楽になったようだ。

「明るくなったら、すぐに動こう。おまえも早く寝ておきなさい」

「うん」

昨夜はゼノを待って眠れなかったせいで、まだ早い時間だというのに疲労感と眠気に襲われる。ゼノもきっと眠っていなかったに違いない。だから余計に傷の影響を受けているのだろう。

ゼノと並んで藁(わら)の上に疲れ切った体を横たえ、ユキハはあっという間に眠りに引き込まれていった。

早く眠りについたせいか、夜中にふと目が覚めた。

明かり取りのために切り取られた四角い窓から差し込む月光は、ユキハたちの寝ている場所までは届かない。それでも満月に近くなった明るい月の光は、うっすらと室内の様子を確認するには充分だった。

隣のゼノの様子を窺(うかが)うと、まだ呼吸が少々荒い。体に触れてみると熱かった。ゼノの口から苦しげに、

「みず……」

と小さな声が漏れた。

すぐに水を与えようとしたが、古い木桶には小さな穴が開いていたようで、水はすべて床に流れてしまっていた。

「そんな……」

まだまだ夜明けには時間がありそうだ。ゼノは苦しんでいる。発熱もあるのだから、水を飲ませなければ。朝まで放置したら、余計に熱が上がってしまうかもしれない。

夜は決して外に出るなと、幼い頃からゼノに厳しく言い含められている。でも……。

熱に浮かされるゼノと窓の外に浮かぶ月を交互に見て、迷ったのはわずかな時間だった。

(水を汲みに行こう)

魔物や獣がいるかもしれない。だが水場はほんの数十メートル先である。襲われる可能性の方がはるかに低い。

ユキハは木桶を手に取ると、ゼノを起こさないようそっと小屋の扉を開く。

わずかに欠けた月の光が明るく林を照らしている。普段月を見ないユキハには充分眩しい。

太陽と違い、青白い月光の影になった部分は真っ暗でぜんぜん見えない。

虫の声だけが静かな木立に響く、ぞっとするような青い世界だった。

怖い。

今にも木の後ろから魔物が顔を出しそうだ。

膝が震えてすぐにでも扉を閉めてしまいたくなる。だが苦しんでいるゼノを振り返り、心を奮い立たせた。

「待ってて、ゼノ」

外に踏み出すと、月の光がふわりとユキハを包み込んだ。途端に肌の表面がむずむずと疼き出す。

「……？」

水場に向かう間にも、急速に体が熱くなっていく。

なぜ。自分も発熱しているのか、膝をすりむいた程度で？　もしかしてこれが、魔物の仲間に間違われるという状態なのか。

恐ろしくなったが、ゼノを助けたい気持ちの方がはるかに強かった。早く水を持ってゼノのところに戻ろう。

どんどん体が熱くなってきて、水を汲む時間がもどかしいほど長く感じた。皮膚の疼きは耐え難いほど高まっている。肌に当たる衣服を引き裂いてしまいたい。

やっと木桶がいっぱいになって歩き出したとき、腰から頭までを貫く衝撃が走って思わず膝をついた。

「なに……」

下腹部に熱が生まれ、陰茎がむくむくと膨れて形を現す。

「なんで……?」

昨夜とは明らかに違う。昨夜はゼノの裸を想像してしまったせいで体が昂り始めた。今はなんのきっかけもない。性的なことなどなにも考えていない。

困惑してどうにかなりそうだが、とにかく小屋へ戻ってゼノに水を飲ませねば。

「う……」

一歩進むごとに服の下で膨らんだ性器の先端が布に当たり、つかんでこすり立ててしまいたい衝動に駆られる。胸の先がちくちくとして、服にこすれると甘い快感が走った。腰の奥に得体の知れない感覚がわだかまって辛い。

ようやっと小屋にたどり着いたときには、体が火照って倒れそうだった。

開いたままだった扉から中に入ったとき、眩しい光に目を刺された。網と一緒に置かれていた鏡に、ちょうど月光が反射している。

扉を閉めてしまえばよかったものを、思考が混乱したユキハは鏡を裏返そうと手に取った。

「え……」

鏡に映った自分の瞳が血のような色をしているのを見て、どきりとする。自分の瞳は青緑色のはず。

一瞬鏡を伏せたが、おそるおそるもう一度確かめた。

（赤い……）

恐ろしくて体が震えた。きっと自分は魔物になってしまったのだ。だから体もこんなふうに怪しく疼いて――。

恐怖と絶望で蒼白になった。

ゼノの言いつけを破ったばかりに、自分は魔物になってしまった。もうゼノとは暮らせない。あとは魔物に攫われるのを待つばかり。

「ゼ……ノ……」

一緒にいられないと思ったら、脚から力が抜けた。這いずるようにゼノの側に近づき、愛しい顔を眺める。

大好きなゼノ。おじいちゃんになっても一緒にいると約束したのに。

赤い瞳から、ぽろぽろと涙を零した。

「ごめんなさい……」

少しでもゼノの役に立ってから消えたい。

泣きながら、水をすくった柄杓をゼノの唇に当てる。うっすらと目を開いたゼノに、柄杓を少しずつ傾けて水を口に流し込んだ。

こくり、こくり、と水を嚥下する音が聞こえ、安堵する。だが震える手は上手に柄杓を支えることができず、途中で取り落としてしまった。

水が首筋に降りかかり、ゼノがはっきりと目を開く。

「ご、ごめんなさ……、あっ……！」

ゼノと目が合った途端、ぶわりと欲情が膨らんでユキハを包み込んだ。

「ああ……っ」

きゅうっ！　と下腹に快感が走り、体を折り曲げる。

「ユキハ！」

飛び起きたゼノが、倒れそうになるユキハを抱きとめようとする。

「触らないで！」

ゼノがびくりとして手を引いた。

「ぼ……、ぼくは……、魔物、に……、なったから……」

「ユキハ……？」

逃げなければ。魔物になった自分が理性を失って、ゼノを襲ってしまう前に。

でも最後にひと目——。

ゆっくりと顔を上げ、ゼノを見た。

涙で歪んだ視界で、ゼノを作るすべてを記憶に刻もうとする。薄闇の中でなお美しい白金の髪、琥珀色の双眸（そうぼう）、厚みのある男らしい唇、たくましい太さの首と——。

ユキハの頭を撫でてくれる大きな手に視線が吸い寄せられ、堪えきれないほどの欲情に襲われて身震いした。

自分のものより太く長い指が、恐ろしく色っぽく見える。あの大きな褐色の手で、ユキハの体をどこもかしこも撫で回されたい。激しく陰茎をこすり上げて、解放まで導いて――！

「ゼノ！」

衝動に駆られてゼノの首筋に縋りついた。ゼノの体温を直接感じた体が、快感を欲して激しい渇きを覚える。

「たすけ……、たすけて！」

泣きながらゼノに体をこすりつけた。恥もなにもかも吹き飛んで、ゼノに懇願する。

「さわって……、おねがい……！」

ゼノは開いたままの扉を見て険しい表情をし、ついでユキハの顔を上げさせた。自分が魔物の瞳をしていることに気づき、ユキハはぼろぼろと涙を流す。

「ごめ……なさ……、ま、魔物に、なっちゃったから……、こんな……」

訳もわからず欲情しているのが情けなくて、でも体の疼きは止まらなくて、頭の中がぐちゃぐちゃになる。

ゼノは厳しく眉を寄せた。

「月の光を浴びたな」

言い訳などできるはずもない。言いつけに背いた。今のユキハの状態を見れば、それだけが事実。

「ごめんなさ……」

「謝るな！」

力強く抱きしめられ、泣きじゃくりながら抱きしめ返した。

「わたしが間違っていた。もっと早く真実を伝えていたら……」

「しん、じつ……？」

「おまえが成熟したら、ちゃんと話すつもりだった。だが遅かった」

なにを言っているのかわからない。もしかして、ユキハは生まれつき魔物だったのか。

ゼノはユキハの顔を上げさせると、赤らんだ目の縁を親指でそっと撫でた。

「おまえはアレキサンドライトの民。成熟すれば、昼と夜で瞳の色が変わる」

「アレキサンドライト……」

「そうだ。アレキサンドライトの民は、月の光を浴びると強く欲情する。魔物なんかじゃない。昨日おまえが成熟したと知って……、あのときに言えばよかったものを。我が子も同然のおまえにあんなことをして、わたしも落ち着く時間が必要だった」

我が子。

なぜか寂しくなった。

自分とゼノは家族に間違いない。頼れる父親のようにも思ってきた。

でも違う。

なにが違う？　おやすみのキスは嬉しいけど、それだけじゃ足りなくなった。触れるのが恥ずかしいのに、触れたくてたまらなくなる。ゼノを思うと体が昂って——。

「……親子じゃ、やだ……」

口に出したら、気持ちがはっきりと輪郭を取った。

自分がなりたいのは息子じゃない。この気持ちの名前は？

「ゼノが好き……」

いつもとは違う熱を、赤い瞳に籠める。

ゼノは明らかに動揺して、目を見開いた。唇を結んでこくりと息を呑んだあと、取り繕うように言う。

「わたしも愛しているよ、家族として」

ユキハはむずかるように首を振った。

「そういう〝好き〟じゃない！　わかってるくせに、ずるい！」

ユキハの言いたいことは伝わったはずだ。ゼノになら。たとえそれが的確な表現でなくとも、言葉足らずでも。

もどかしさに突き動かされ、夢中でゼノの唇に自分の唇を押しつけた。一瞬硬直したゼノが目を見開き、ついで強い力でユキハを引きはがす。

「どこで覚えた、こんなことを！」

幼い頃に見た絵本で、王子さまとお姫さまが口をくっつけるキスをしていた。好き合った人同士がする、特別なこと。ユキハの知っている数少ない性的な行為だ。

ゼノとしたい。おやすみのキスより特別なキスを。

「ユキハ、聞きなさい。おまえはわたししか知らないから、恋情と錯覚しているんだ」

恋情。

そうだ、恋という言葉を聞いたことがある。その人のことばかり考えてしまい、その人のためになにもかも捨てられるような、情熱的な気持ち。

本に載っていて、わからなくてゼノに尋ねた。それを聞いたときは理解できなかったけれど、今ならわかる。

「じゃあぼくは、これから他の人とも出会うことがあるの？」

ユキハの問いかけに、ゼノは言葉に詰まる。

ゼノは誰にもユキハを見せようとしない。生きていくのに必要最低限しか人と関わらせない。この先もきっとそうだろうとわかっている。自分にはゼノしかいない。

でも。そうじゃなくても。

「ぼくは……、他にたくさん人がいても、きっとゼノを好きになる」

親でもないのに、命がけでユキハを育ててくれたゼノを。

ユキハが森で熊に襲われたとき、自分が大怪我をしても狼に変容して戦って守ってくれた。その傷はまだゼノの体に残っている。ゼノが死んでしまうのではと怖くて心配で泣きながら手当てしたユキハに、それでも心配をかけまいと笑って頭を撫でてくれた。そんなゼノを好きにならずにいられない。

ユキハの言葉が痛いように、ゼノは目を細めた。

たぶん、自分の求めていることはゼノにとって受け入れられないことなのだ。でも、それならもうゼノの側にはいられない。恋情を拒絶されたまま、同じ屋根の下で親子のふりをするなんて。

そんなの耐えられない。きっといつか自分は壊れてしまう。

いっそ、本当に魔物が攫ってくれていたらよかったのに。そうしたら、ゼノにわがままを言って困らせることもなかった。

「ごめん……なさい……」

涙が溢れて止まらない。

疼く体を叱咤してゼノの胸を押し、無理に体を引き離した。ゼノの体温を恋しがる体が怒ったように疼きを増す。

渦巻く淫欲に頭の芯まで支配されそうで、これ以上近くにいたら、ゼノを求めてなにをするかわからない。

「う……」

脚に力が入らず、立ち上がることもできずに手をついたまま扉に向かう。敏感になった肌にまとわりつく衣服が、すぐにでも脱ぎ捨ててしまいたいほど邪魔に感じる。

「待て、どこへ行く」

焦りの滲む声で引き留められるが、もう振り向くこともできない。もう一度ゼノの顔を見たら、きっと理性が吹き飛んでしまう。

「ひとり、で……、するから……」

そしてこのまま消えよう、ゼノの前から。

ゼノだって、邪な気持ちを持ったユキハが近くにいたら気まずいに違いない。もう二人の関係は変わってしまったから。

森で暮らす術は全部ゼノが教えてくれた。だから大丈夫。一人でも生きていける。

「いままでありがとう……」

でも最後にこれだけ言わせて。

「ゼノ、だいすき……」

さようなら。

扉から入り込む月の光に触れそうになった刹那、

「ユキハ！」

後ろから抱きしめられる。

硬い男の体と体温に包まれ、一気に官能の炎が燃え上がった。男根が下着の中でさらに角度を上げる。

「放して！　触らないで！」

暴れるユキハの体を、ゼノは強引に自分の方に振り向かせた。怒るような目をしたゼノがまっすぐユキハを見つめている。

「……どれだけ大事にしていたと思う。育つにつれて美しくなるおまえに、倫理に反する劣(れつ)情(じょう)を抱きながら、親子だと自分に言い聞かせて……」

欲情で曇った頭には、ゼノの言葉が理解できない。

「想像の中ですらおまえを汚すまいと、わたしがどれほど獣欲を押し殺してきたか……！」

痛いほどの力でユキハの肩をつかむ。こんなに真剣なゼノを見たことがない。

「いい加減な真似はしない。この先に進むなら、おまえを娶(めと)る。わたしをおまえの父親から夫にする覚悟はあるか」

二人の関係の名前が変わる。一生側にいることに違いはないが、気持ちが、生活が変わる。

ユキハの頭の中が、喜びでいっぱいに埋まった。

ゼノを欲していいのだと思ったら、ぶつかるように口づけていた。

「ゼノ……！　ゼノ、好き……、ん、んん……っ」

押しつけるばかりだったユキハの唇を割って、熱くぬるりとしたものが侵入り込んでくる。
とっさに逃げようとしたが、ゼノの手に後頭部を押さえ込まれた。

「ん……、ぅ……」

舌だ、とわかったら背筋がぞくぞくした。

なにをされているのかわからなくても、ゼノからならなんでも受け入れたい。

「ふ……っ」

舌をこすり合わせるように舐められ、甘い唾液が混ざり合う。ゼノの一部が自分の中に入っていると思ったら、頭の中が沸騰するほど興奮した。

ゼノの舌は征服者のようにユキハの口内を蹂躙するのに、幾度もぶつかる唇のやわらかさに陶然とする。ちゅく、ちゅ…、と自分たちの立てる水音が虫の音に混じり、二人をより濃密な空間に引きずり込む。

「ユキハ……」

合間に名を囁かれれば愛しさで泣きたいほど胸が疼いて、気づけば自分からも舌を差し出して夢中でゼノを味わっていた。

「……は、ふ……」

やっと唇が離れたときは、まるで森を駆け回ったあとのように息が上がっていた。ゼノの濡れた唇と欲情を湛えた目が、壮絶な色香をまき散らしている。

こんなゼノの表情を見たことがない。いや、ゼノ自身が見せたことがなかった。もう自分は子どもではなくゼノと対等な大人として扱われているのだ。

下着の中ではち切れんばかりの雄茎が、触れて欲しがってじんじんしている。

切なく目で訴えると、ゼノは扉を閉めたあと、ユキハを抱き上げて藁の上に下ろした。

「出してやらないと辛いだろう」

ゼノは焦らすことなく、ユキハのズボンを寛げて下着に手を差し入れた。

すでに反り返ったそれを軽くつかまれただけで、快感が突き刺さってユキハは小さな悲鳴をあげる。

「ひゃ……っ」

ゼノが薄く笑う。

「もう出てしまいそうだな。脱いでしまおうか」

ゼノの手で脱がされることに、羞恥と興奮が絡み合って高まる。これからするのは親子ではしない、特別な行為だ。

下半身だけ丸裸にされた状態で、薄闇の中でもほの白い自分の両脚が浮かび上がった。脚の間でそそり立つ陰茎ははっきりは見えないが、濡れた先端が空気に晒されているせいで、完全に上を向いているのがわかる。

「寒くないか」

尋ねられ、首を横に振った。春の空気はまだひんやりしているが、自身の体が熱くなっているせいでむしろ心地いいくらいだ。

ゼノはユキハの肩を抱いて自分に寄りかからせた。首筋から大好きなゼノの匂いを吸い込み、うっとりとする。

強くはないけれど、どこか甘い香りと汗が入り混じった男らしい匂い。

味わいたくて、無意識にゼノの首筋を猫のように舌先で舐める。塩気のある味わいが無性に美味しくて、たくましい首に歯を立ててむしゃぶりついた。

「こら。本当にどこで覚えてくるんだ」

ゼノは笑っているようにも喜んでいるようにも聞こえる声で言う。ユキハにはぜんぜん余裕がないのに、ゼノは焦らずユキハの好きにさせている。大人らしい余裕がじれったい。

ゼノは立てさせたユキハの片膝を手でそっと外側に倒した。真上を向いた屹立がふるりと揺れて、先端に溜まった露がつうっと肉茎を伝う。あえかな刺激に、爆発寸前まで射精欲が盛り上がった。

たまらず自身の陰茎をつかもうとしたユキハの手を、無情にもゼノが止める。

「なんで……っ」

泣きそうになった。こんなに辛いのに、させてくれないなんて！

恨みがましい目を向けたユキハの唇に、ゼノが宥めるように軽く口づける。

「わたしがするから」

　でも。

「自分で……、しなくていいの……？」

　昨日は自分でするものだと教えられた。

「夫だから、おまえの体に触れる権利がある。おまえが一人でしているところを見るのも、それはそれで刺激的だが」

　夫。

　いい加減な真似はしないと言い切ったゼノは、すでにユキハを伴侶として遇している。

　心が潤んで、なにもかもゼノに任せたくなった。ゼノにしてもらいたい。

「ゼノがして……」

　大きな手はすぐにユキハの屹立を握り込んだ。

　つきん、と快楽の痛みが肉茎の中心を刺す。すでに膨れ切っていた欲望は、数度扱かれただけであっけなく白蜜を噴き上げた。

「んんん、んぅ……っ、ぅ……」

　解き放つ瞬間も唇を吸われ、声すらゼノに呑み込まれた。自分たちの周囲に、官能を煽るいやらしい匂いが漂う。

　苦しいのに、とてつもなく気持ちいい。肉茎の中に残る精を搾り出す手の動きがよすぎて、眩暈がする。自分の手でするより、ゼノの手の方が何倍もいい。

なのに。

「なんか……、へん……」

見えなくともわかるほど大量の精を吐き出したのに、陰茎の疼きがちっとも鎮まらない。それどころか下腹全体に熱が広がり、腰の奥に心臓が移動したかのように脈打っている。

「どうしよう、ゼノ……」

ゼノは慰めるように、ユキハの頭に唇を落とした。

「ああ、月の光を浴びたおまえが欲しがるものはわかっている。最初からここで終わらせるつもりはない」

これ以上の行為があるのだろうか。

自分以外の人間の手で射精に導かれるより、いやらしくて特別なことが。

不安と期待がない交ぜになるが、ゼノを信用している。ゼノならこの苦しさから救ってくれる。

「ここの奥に欲しいだろう?」

ゼノの指がユキハの後蕾を軽く押し上げると、じゅん、と腰奥が熱く濡れる感覚に襲われる。

「や……っ!」

なにかを求めている。

ユキハの中に蠢く疼きを散らして、圧倒してくれるものを。

意識させられて、はっきりとそこへの刺激を欲していると自覚した。なにを与えてもらえるのかはわからずとも、本能的にゼノの言葉に縋った。

「ほしい……」

熱を込めた目でゼノを見れば、ゼノの目にも欲情の光が宿っているのがわかる。暗くてよく見えなくても、視線に温度があるかのようにユキハに欲望を抱いているのを感じる。

もう一度口づけて、ゼノはユキハを藁の上にやさしく寝かせた。外套がシーツの代わりになり、背中は痛くない。

ゼノはユキハの顔を覗き込み、欲情で火照る頬を手の甲でそっと撫でた。

「辛そうだな。初めてだからあまり即物的にはしたくないが、早く楽にしてやった方がいいだろう。可愛がるのは家に帰ってからたっぷりしてやる」

可愛がる、がどんなことをするのかはわからないが、今はこの熱を散らして欲しい。

ゼノなら決してユキハに悪いようにはしないという全幅の信頼をもって、自分を委ねる意思を伝えるためにゼノの頭を引き寄せて唇を重ねた。

「うん……」

ゼノはユキハの唇を丁寧に舐め濡らし、最後にひと噛みして唇を離す。じん、とした痺れに頭がぼうっとなる。

「家にいたら油を使ってやれるんだが」

言いながら、ゼノはユキハの下半身の方に体をずらす。下肢だけはだけられた恥ずかしい格好で、両脚を大きく左右に広げられた。

「……っ、ゼノ！」

ゼノがユキハの白い内腿に口づける。今にも陰茎に顔が触れてしまいそうで、真っ赤になってゼノの頭を押し返そうとした。

「逆らうな」

ユキハの腿に唇を触れたままのゼノが、ちらりと上目遣いにユキハを見る。薄闇の中で琥珀色の眼がぎらりと光り、人の姿をしているのに獣のように見えた。

こく、と息を呑む。

ゼノはユキハと視線を合わせたまま、味見をするように舌で腿をなぞり上げた。

「ふ、ぁ……」

舌の通った道筋がぞくぞくするような快感を連れてくる。そんなところを舐められて性感が強まるなんて。

「おまえを傷つけないためだ」

腿を甘噛みされて、膝を震わせた。

このまま食べられてしまいそうで、被虐的な想像に苦しいほど興奮する。狼に食われる前のうさぎになった気持ちがした。

「後ろからした方が楽だろうが、おまえは膝を怪我しているから……、苦しい体勢だろうが、許せ」

「あ…っ」

両の膝裏を持ち上げられ、膝頭が顔の近くまで迫（せま）る。尻が高く持ち上がり、ゼノの眼前に恥部を晒す恥ずかしい格好になった。しかも体勢的に脚を閉じられない。

開いた脚の間から自分の性器が、さらにその向こうにゼノが見える。

「いや、ゼノ……！」

こんな格好！

腰を下ろしてしまいたいのに、ゼノの膝が背中に当たる部分に差し込まれていて体勢を変えることができない。

しかもゼノの唇が、後孔（こうこう）に近づいて……。

「だめっ！　そんなとこ、汚い……、あっ、やあぁぁ……っ！」

ねろり、と舌が柔襞（やわひだ）を撫で上げる。

「やだ、やだ、ゼノ！　ゆるして……！」

羞恥で首まで真っ赤に染まる。

排泄（はいせつ）に使う器官だ。口をつけていい場所じゃない。ゼノを信じているけれど、まさかこんなことをするとは思わなかった。なんでそんなこと！

「つながるために必要な準備だ。獣たちの性交を見たことがあるだろう」

獣の性交は、雄が雌の背後から覆い被さって性器を挿入している。でも獣だけがする行為だと思っていた。人間がするところを想像できない。

ゼノの言っていた〝この先に進む〟が性交のことだとやっと気づく。

「動物だけ……、するんだと思ってた……」

ユキハの言葉を聞いて、ゼノは自嘲するような笑いを漏らした。ぽつりと呟く。

「間違いない。わたしは獣だな」

言って、尖らせた舌をユキハの後孔に潜り込ませた。

「ああっ！」

体勢的に開きやすくなった襞口に、生きもののように濡れた肉の塊が侵入する。

「やだっ、あ、やめ、てぇ……、ぁ、ぁ、ぁ――……」

快楽を欲する体は、すぐにそれを甘い悦楽と判断して享受しようとする。指を挿し込まれると、まるで餌を与えられたように美味そうに呑み込んでいく。

「ああ……、月の光で欲情したせいで、初めてなのにこんなに柔らかい」

指を挿れられただけで、気が遠くなるほど気持ちいい。指を抜き挿しされれば、流し込まれた唾液が泡立って、指をしゃぶっているようなはしたない水音が立った。

幼い頃にゼノと水浴びをしていたときでさえ、体の内側になど触れられたことはない。こんなに気持ちいいなんて――。

「や……、ん……、あぁ………」

腰奥が激しく疼いている。

もっと奥、指では届かない部分が早く来いと叫んでいるようで、知らず腰を揺らめかせた。

「欲しいか……？　もう少し、孔を拡げてやるから……」

ゼノの声が熱っぽくかすれている。ゼノも興奮しているのだと思ったら、とろけるような快感に包まれた。

「んんんん……っ」

ゼノを欲しがって口を開こうとする肉襞に、二本目の指を咥えさせられる。

「痛いか？」

痛いというより、熱い。

二本の指で引き延ばされた柔肉を舌でなぞられると、よすぎて涙が零れた。

「あ……、あ、ゼノ……、もう、おなか、あつい……」

さっきから、臍の裏側が熱くてたまらない。

「もうすぐだ」

言うなり、ユキハの中に埋めた二本の指をぐるりと回す。

「ひあっ……！」

敏感な肉壁を指でこすられ、腰が跳ねる。肉襞が勝手にゼノの指をきつく食み締め、快感がいや増した。

恥骨に近い肉壁を引っかかれると、強烈な痺れがユキハを貫く。

「ああああ……っ！」

ゼノの指は無慈悲なほど、ユキハの弱い部分を攻め立てる。

「ああっ、ああ、ゼノ、ゼノ……ッ！　や……、そこ、やぁぁぁっ！」

頭を打ち振るい、シーツ代わりの外套をきつくつかんで泣き叫ぶ。泉のように湧き出る快感が背筋を通り、頭の中まで満たした。

熱いのが自分なのかゼノの指なのかわからない。

指で犯される激しい水音が自分の嬌声に重なる。

虐められているのは後孔なのに、陰茎の根もとから先端まで快楽が走り抜ける。

内側から押し出された熱が陰茎の中を駆け上がって——。

「ああああ、ああ……っ、あぁっ、も、でる、……っ、ゼノ……ッ！」

真っ白に弾けた気がした。

体の中を弄られて達する恍惚は、前だけの刺激よりはるかに強烈だった。

強すぎる快感にぼんやりとしながら、ユキハの精を手で受け止めたゼノが、それを自身の男根に塗りつけているのが見えた。下衣を寛げ、男根だけを取り出しているのがとてつもなく淫猥だ。

ユキハが見ていることに気づいたゼノは、のど奥で低く笑う。

「さすがに舐めて濡らしてくれとは言えないからな。潤滑剤の代わりだ。すまないが、今日はこれで許してくれ」

ゼノの雄の形は闇に沈んで見えないが、手の動きでかなりの大きさだと知れる。

あんなものを自分が受け止めきれるとは思えないのに、ユキハののどはごくりと鳴った。

なぜ美味しそうに見える？

ゼノはユキハの腿のつけ根をつかみ、淫孔を露出させるように親指で左右に広げた。慣らされて口を開いた襞に、剛直を宛がう。早く食べたいとでも言うようにひくつくユキハの襞口から、注ぎ込まれたゼノの唾液が零れた。

「ん……」

ゆっくり体を沈められ、硬く尖った先端が狭道を押し広げて進むごとにユキハの唇が開いていく。

「あ……、あ、あ、あ……、は、ぅ…………」

濡れた粘膜が熱塊を悦んで、絡みつくように引き込む。もっと奥へ、奥へと。

「く……、ユキハ……」

怖いほど深くまで挿入ってくる。

もう少し……、いちばん奥の、蠢く肉の壺をえぐり抜いて欲しい。

「ああ……、あぁ……、ゼノ……っ、あああああっ！」

ずん！　と脳天まで響く衝撃とともに最奥を貫かれ、歓喜の叫びを上げて涙を散らした。

これが欲しかった！

アレキサンドライト族の本能が種つけを望んでいる。膨れた亀頭に吸着して、種を吸い上げようときつく搾り上げる。

「狭いな……」

ゼノの声も熱を帯びている。

押しつけたままの男根で、腰を回して奥をかき混ぜられ、あまりのよさに悲鳴すら上げてしまう。

律動が始まると、粘膜をごりごりと削りながら往復する刺激に、我を忘れて泣きじゃくった。最奥にぶつかるたび、頭の中に白い光が明滅する。

「ゼノ、ゼノ……！」

縋れるものを探して手を伸ばす。ゼノの熱い体が覆い被さってくる。

抱きしめられ、大きな体に包まれて安心した。無我夢中でゼノの背中に腕を回す。

より密着が強くなって、ゼノの汗の匂いを感じる。柔らかい唇が、ユキハの顔中にキスの雨を降らせた。

「愛している、ユキハ……」

体の奥深くでゼノを感じながら、ユキハは何度も絶頂を味わった。

唇に温かい感触が触れて、目を開けた。

「ゼノ……」

鼻が触れるほどの距離で、白狼の琥珀色の瞳がやさしくユキハを見つめている。ほほ笑んで、白狼の頭を抱き寄せた。

「おはよう」

ユキハは狼に変容したゼノと一緒に、彼の外套にくるまっていた。寒くないよう、狼になって温めてくれたのだろう。脱がされていたズボンもきちんと穿かせられている。

狭い外套の中で白狼のゼノを抱きしめた。嬉しくなるほど温かくてやわらかい。

すでに日の光に明るく照らされた小屋の中では、昨夜のことは夢だったようにも思える。

でも腰に残る重だるい痛みが、現実だったのだと告げている。ゼノはそれを肯定するように、もう一度ユキハの唇を舐めた。

ゼノは狼になって頬を舐めることはあっても、唇を舐めることはなかった。それは唇へのキスと同じだからだ。

だから夢じゃない。この白狼が、自分の夫になった。

「体調はどう？　昨夜は熱があったのに無理させてごめんなさい」

ユキハが月光を浴びてしまったから。

ゼノは人の姿に戻ると、やわらかい笑みを浮かべてユキハの頬を撫でた。

「熱はすっかり下がった。おまえが水を飲ませてくれて……汗をかかせてくれたから」

昨夜の情交のことを匂わされ、ユキハの頬が染まる。

明るい光の中で見るゼノは、昨日までよりずっと色香に溢れているように感じられる。狼から人間に戻ったばかりのゼノは服を着ていない。ほとんど外套に隠れているけれど、ユキハに伸ばされた腕や首、裸の胸がたくましくてどきどきする。

ゼノの首筋にほんのり痣（あざ）ができているのに気づき、つと指で触れた。

「ここも怪我してた？」

ゼノはおかしそうに笑って、ユキハの指を取った。

「覚えていないか？　おまえが噛んだろう」

「あ……！」

昨夜の記憶はところどころ飛んでしまっているが、言われて脳裏によみがえった。

情事に夢中になって、なんて恥ずかしいことをしてしまったんだろう！

「ごめんなさい……」

「夫婦の間で所有の証をつけることのなにがおかしい」

ゼノは手に取ったユキハの指先を引き寄せると、やわらかい唇を押し当てた。

どきん、と心臓が鳴る。

昨日までのゼノなら、しなかった仕草。色っぽく見えるのは、ゼノがユキハに送る視線が変わったからなのだ。

そう気づいたら、なにもかもが違って見えた。

目にも唇にも、男の色香が宿っている。ユキハの中をかき混ぜて鳴かせる指と、意識したこともなかったゼノの男性器——。

なにもしていないのに照れてしまって、ゼノと見つめ合っていられず目を伏せた。うるさく鳴る心臓の音がゼノに聞こえてしまいそうで、恥ずかしくなって身を丸める。

「……後悔しているか？」

ゼノの切なげな声に、顔を上げた。ユキハが具合が悪くて寝ているときと同じような、不安と心配と憐憫（れんびん）の入り混じった目でユキハを見ている。

月光を浴びたユキハがただ体を慰めてもらいたくてした行為で、本心ではなかったのではと心配しているのだ。自分の気持ちが裏切られることよりユキハが傷つくことを恐れている、や

「違う、嬉しいよ！　た、ただ、恥ずかしくて……、でも、ゼノのこと好き！　本当だよ！」

必死に言い募りながら、ハッと気づいた。

ゼノの方こそ、後悔しているのでは？　体を重ねてみたものの、やっぱりユキハをそんなふうに見られなくて、でも自分の行為に責任を取るつもりで……。

「ゼノだって、後悔してない？」

ゼノが苦笑いをしたから、不安になった。

「正直、ものすごい背徳感と罪悪感だ。我が子同然のおまえと関係を持って、自分は半分どころか本物の獣だと」

やっぱり。

自分はゼノが受け入れてくれて幸せだけれど、もし無理をさせているのだったら――。

審判を待つように見つめると、ゼノは真っすぐにユキハを見据えた。

「だが後悔は一切ない。おまえを娶ると決めて抱いた。生涯愛すると誓う」

真摯な誓いに、彼の中の狼を見た。

愛情深く、死ぬまで伴侶と添い遂げる狼の血を。

「嬉しい……、愛してるゼノ。一生一緒だよ」

固く抱き合い、深い口づけを与え合って誓った。

◊◊◊ 3 ◊◊◊

二人の時間が変わった。

おはようとおやすみのキスは唇に、夜はゼノの腕に抱かれて眠る。

目が合うたびキスしたくなって、視線でねだれば、いつでも欲しいだけ唇をくれる。そうすると幸せに包まれた。

こんなふうにしたかった。うんと甘えて、ゼノのものになって、ゼノもユキハのものになる。

そして、禁じられていた夜の外出も――。


「わあ……」

ユキハは月光避(よ)けの外套を被って、ゼノに手を引かれて泉まで来た。

溢れ出る水が岩を叩きながら流れ落ちる清涼な音が響く森の中で、たくさんの小さな光が宙を舞っている。

「きれい……、これは、精霊？」

幻想的で、夢のようだった。

精霊は怖いものだと聞かされてきたけれど、こんな精霊になら攫われてもいいのではないかと思ってしまう。

「虫だ。この時期だけ、しかも夜の間だけ発光する」

信じられない。こんなに美しい虫がいるなんて。

唇を薄く開いたまま見惚れるユキハの手を握るゼノの手に、少しだけ力が入る。

「おまえにも見せたかった」

自分と違い、どうしても必要なときだけ夜間も外に出ることのあったゼノは、こんな光景をユキハと見たいと思っていてくれた。

そのことが嬉しくて、ユキハもぎゅっと手を握り返す。

しばらく眺めていると、じわじわと肌の温度が上がってきた。外套を着て月光を遮っていても、長い時間外にいれば衣服を通して徐々に体に入り込む。

「ゼノ……」

甘さと媚びが混じった声でゼノを呼んだ。

ゼノは心得たようにユキハの手を引く。

「帰ろうか」

その手を引き戻し、ゼノの指に口づけた。上目遣いにゼノを見ながら、人差し指を口に含んで甘噛みする。飢(う)えたような気持ちになって、唇からちらりと舌の先を覗かせた。

「家まで待てない……」

赤い瞳でゼノを誘う。自身の体から、嗅覚(きゅうかく)では感知できない妖(あや)しく甘い香りが漂っているのを感じる。男を惹きつけ、惑(まど)わせる秘密の香りが。

ゼノはうっそりと笑って、反対の手でユキハのフードを脱がせた。欲望を湛えたアレキサンドライトの瞳が、月光に煌(きら)めく。

「昼のおまえは愛らしいが、夜のおまえは妖艶(ようえん)だ」

顎(あご)をすくって上向かされ、深く口腔(こうこう)を貪(むさぼ)られる。うっとりとゼノの舌を受け入れながら、与えられる快感に揺蕩(たゆた)った。

ゼノといれば、もう月光は怖くない。ユキハが欲情しても、ゼノが受け止めてくれる。満月の夜だけは、光が強すぎて危ないからと外には出してくれないが。

樹木に背を預け、下着ごとチュニックを捲(めく)られると、ユキハの雪白の肌とほとんど変わらない淡い色の乳首(ちくび)が芽吹いている。

ゼノの男らしい厚みのある唇がそこを覆い、舌で弾かれれば甘い痺れが走った。

「ん……っ」

ゼノはベッドではいつもたっぷりと時間をかけて、前戯(ぜんぎ)だけでユキハをとろとろに溶かしてしまう。可愛がられる、という意味を知った。

全身を指と唇で反応を確かめながら愛撫し、溺れるほどの甘い言葉を囁いてくれる。ユキハが何度も精を零してしまうほど長い挿入の間にも、ユキハの体を気遣って甘やかしながら抱く。

「ゼ、ノ……、ね、もう……」

だが月光で昂った体はこらえ性がない。特に腰奥の疼きは簡単にユキハの理性を突き崩す。

今は愛撫より、男根が欲しい。後ろをゼノの熱い肉棒でかき混ぜてもらいたくてたまらない。

「ぬがせて……」

夫の手で服を脱がされることに興奮が高まる。まだ清楚な色のユキハの性器が夜気に触れてふるりと揺れた。

ユキハを脱がせると、ゼノも衣服を脱ぎ去った。いつ見ても惚れ惚れとする見事さだ。

毎夜の繋がりで受け入れやすくなったユキハの媚肉は、月光の力と相まって雄を欲してぱくぱくと口を開こうとする。

「向こうをむいて、手をついて」

やわらかな草の上に外套を敷き、その上に両手両足をついてゼノに尻を向けた。

ユキハが欲しがるなら、ゼノは待たせない。服に入れて持ってきていた潤滑油を滴るほどユキハの後蕾に塗り込めると、自身の雄にも塗り広げる。

月光にてらてらと光る男根が性具のようで、とてつもなくいやらしい。

「挿れるぞ」

「あ……、ああ……」

挿入に合わせて、ユキハの細い腰がしなる。ゼノの豊かな下生えが尻肉に当たるほど深く挿入され、ユキハはのどを反らして小さな顎を突き上げた。

その状態からゼノがユキハの肩と脇に手を添え、上体を引き起こされた。

「あう…っ」

膝立ちになって後ろから抱きしめられる体位になる。獣のような体位も興奮するけれど、この形だとゼノのたくましく熱い体に背中から包み込まれて嬉しい。

ゆったりと抜き挿ししながら腰を回されれば、泉のように快感が体奥から湧き上がる。

「いい……、あ、これ……、すき……」

「可愛い、ユキハ……」

耳朶を甘噛みしながら囁かれ、きゅんとした快感が下腹に滑り落ちる。ゼノの言葉に悦んだ陰茎が、ふるっと震えて角度を上げた。

どうしてだろう、触れられてもいないのに言葉だけで感じてしまうのは。

月光を浴びて感じやすくなっているユキハの体を、ゼノの両手が確かめるように撫でていく。白い肌を、褐色の手が好きに動き回る様が官能的に映る。

ゼノとの濃密な時間に没頭するユキハの耳に、どこか遠くで獣の鳴く声が聞こえた。

(獣も性交しているんだろうか……)

自分たちと同じようにまぐわう獣の姿を想像した。子作りのための行為だ。

快楽の靄(もや)がかかった頭は、思ったことを全部口にしてしまう。

「ぼくも……、赤ちゃんできる……？」

ゼノは腰の動きを止めないまま、ユキハの髪をかき分けて耳の後ろに口づける。

「心配か？　大丈夫、ユキハは男の子だからできないよ」

当たり前のことなのに、残念に思った。

ずっと二人の生活に不満はないけれど、ゼノとの子がいたらきっと楽しいだろう。

「ゼノの……、あかちゃ…なら、ほしい……」

ゼノがユキハを肩越しに振り向かせ、荒々しく唇を奪う。

「んっ……、ん、ぁ、……は、んぅ……」

唇が離れた一瞬に見えたゼノの目は、切なさを湛えていた。

ユキハの肩に額を乗せて後ろからぎゅっと抱きしめたゼノは、くぐもった声で呟いた。

「……わたしはユキハだけいればいい」

「あ……っ！」

突然激しい抽挿(ちゅうそう)が始まり、ユキハの思考はあっけなくばらばらになった。

快楽に溺れていく頭の中で、ゼノはどうして苦しそうなのだろうと思った疑問は、散り散りに消えていった。

ゼノが夕食のための狩りに行っている間に、ユキハは泉に水を汲みに行く。

水は特に重要だ。飲料や料理にはもちろん、体を拭いたり手を洗ったり、畑や鶏の世話にも使う。一日に何度も泉を往復して水を汲む。

幸い泉はほんの数分の距離にあるので、悪天候でもなければ水汲みはそれほど大変ではない。生活に水は必須だからと、ゼノは慎重に家を作る場所を選んだのだ。

いちばん近い村からも半日以上はかかり、人が訪れることなく、水場に近い森の中。

誰にも知られず、ひっそりと過ごす。森の民は、人間から隔離(かくり)された世界で生きるものだ。

様々な本を読む中で知った。

森の民が村や町の民から敬遠されているのは、森はもともと神や悪霊が棲む異界だと言われており、死者の世界でもあるからだ。そこに好んで暮らす人間は異端者、もしくは犯罪者であるということ。

だから炭焼きや木こりを始めとする森の民は、人々の生活に必須の資源を売るにも拘(かかわ)らず嫌われてしまう。

少数民族や獣人一族が森に固まって暮らすこともあるが、森の民は基本的には単身、ひと家族単位で他者と離れた場所に居を構えている。森の中では他人と出会うことが稀なせいで、婚姻も子孫を作ることも少ない。

ゼノはなぜ森に住んでいるのだろう、と思ったことがないではない。彼が半分狼だから森の方が居心地がいいのか、それともなんらかの罪を犯して森に逃げたのか。

ゼノは食器の使い方や食事のときの姿勢に厳しく、きれい好きで、書物も好む。ユキハの言葉遣いも、ゼノと二人のときは気にされないけれど、丁寧な話し方も教えられた。使う機会はなくとも知っておけと。勉強も冬ごもりの間にゼノが教えてくれる。

森の民が教育を与えられることはほとんどなく、文字や計算も最低限の知識しかないと知ったのは、十二、三歳の頃だったろうか。衝撃だった。

多分、ゼノはユキハと暮らす前はきちんとした生活をしてきたのだ。生粋の森の住人ではないのだろうと、そのときに思った。

なんらかの理由がある。でもそれを尋ねたことはない。身寄りのないユキハを愛情を持って育ててくれたゼノを、なにがあっても信頼しているから。

「今日も暑かったな。明日は洗濯もしよう」

夏になって、汗をかきやすくなっている。毎日水浴びしても服はそれなりに汚れてくる。ゼノの影響で自分も汚れた服が嫌いだ。

水を汲んで立ち上がろうとしたユキハの背後から、知らない男の声がかかる。

「おい、そこの者。この辺りで白狼を見かけたことはないか」

驚きのあまり心臓が跳ねた。しゃがんだままの姿勢で体が硬直する。

他人がここまで迷い込んでくることは稀で、話しかけられたことに恐怖さえ抱いた。しかも道を尋ねるならともかく、白狼のことを？

珍しい白狼の毛皮を狩りに来た猟師かと、警戒心が湧く。

尊大にも聞こえる口調で、男はさらに尋ねた。

「もしくは、白金の髪の男を」

ゼノを探している？

心臓がばくばくと鳴り始めた。もしや、ゼノを捕らえに来た役人かなにかか。

おそるおそる後ろを振り返ると、馬の脚が目に入った。泉の水音で馬が近づいているのにちっとも気づかなかった。

馬上の男と視線が合って、ユキハは驚いて目を見開いた。ゼノと同じ髪と瞳の色をしている！

町の人間は褐色の肌が多いけれど、白金の髪と琥珀色の瞳の組み合わせは見たことがない。男は立派な黒馬に跨り、豪奢な軍服を身に着けていた。

男も瞠目してユキハを見ている。

「おまえ……、まさか……」

男が再び口を開いた瞬間、ユキハは弾かれるように逃げ出した。

「待て！」

森の中なら、慣れたユキハの方が有利だ。馬が通りづらい倒木を飛び越え、藪（やぶ）の間をすり抜けて遠回りして家まで走った。

「ゼノ！」

家に飛び込んだが、まだゼノは帰っていない。

どうしよう、あの男がゼノを探している。理由はわからないが、とても嫌な予感がする。

早くゼノに伝えなければ。

なにかあったときの合図は口笛だ。怪我をしたり危険が迫ったら、口笛でゼノを呼ぶ。でも迂闊（うかつ）に口笛を吹けば、あの男も呼び寄せてしまう。おそらくゼノよりあの男の方が家の近くにいる。

探しに行くにもすれ違ってしまったらと思うと、落ち着かずにうろうろと部屋の中を歩き回るしかなかった。

「こんなところに隠れていたとは」

ハッと振り返ると、扉を塞（ふさ）ぐように男が立っていた。

家の中で口笛を吹いても、外には響かない。男は大股（おおまた）で歩み寄ると、ユキハの手首をつかんで自分に引き寄せた。

「いたい……っ」

これでは逃げられない。

「どう……やって……」

馬では追えなかったはずだ。そういう道を選んで逃げた。

男は冷たい目でユキハを見下ろしながら、衝撃的なことを言った。

「狼に変容して、おまえの匂いをたどってきた」

「！」

ゼノと同じ髪と目の色。やっぱりこの人も狼に変容できるのだ。白狼族……、もしや？

あらためて男をまじまじと見つめる。

――ゼノに似ている。

そのことに気づいたら、背中に汗が滲んだ。

「おまえ、マリアーナの子どもだろう」

まさかその名が出てくると思わず、

「母を知ってるんですか⁉」

驚いて、恐怖も忘れて尋ねた。男は舌打ちせんばかりの表情で、「やっぱり」と呟く。

ゼノを、ユキハの亡き母を知っているこの人は一体。

「では、ゼノが行方不明の王子であることも知っているんだな」

「え」

どこかでそんな王子の話を耳に挟んだ。でもゼノが？

男が着ているものは生地からして町民のものとは違う、きらびやかな装飾のついた軍服。尊大にも聞こえる口調。男が高位の人間であると、世間知らずのユキハにもひと目でわかる。

そして男が白狼族であることを考えると、王家に連なる人間なのは間違いなかった。では男の言うことは真実なのだ。

男はぎらぎら光る目でユキハを睨みつけた。

「どれだけ探したと思う。アレキサンドライトの村から忽然と消えたあいつを、十五年もつぶしに森を探して、やっと！」

……！　ヘルム・ラデの町に白狼に変容した森の民が出たという情報が入り、そこからしらみつぶしに森を探して、やっと！」

春に町でゼノが狼になったときだ。

もちろんうわさになったろう。そしてゼノを探していたというこの男の耳に入り、ヘルム・ラデから捜索の範囲を広げてここまでたどり着いた。

「一緒にいるんだろう？　ゼノはどこだ」

自分一人で暮らしていると言っても無駄だろう。ユキハの匂いを追ってきたという彼は、家に染みついたゼノの匂いも感知しているに違いない。

「……狩りに出ています。口笛で呼び戻します」

ユキハの手首を離した男は、顎でテーブルを示した。

「いい。少し話をしよう」

逃げ出したいが、男の方が扉の近くにいては無理だろう。軍人である上にゼノと同じくらい体格がいい。逃げるのは諦めて、ゼノが帰ってくるのを待つしかない。

「お水しかありませんが、いかがですか」

男は意外そうに眉を上げた。

「森の民のくせに、礼儀を知っているじゃないか。言葉遣いも悪くない。ゼノの教育か」

暑いのに、軍服を着込んでいてはのどが渇いているだろうと思ったのだ。新鮮な泉の水を汲み、ミントを入れて作ったハーブウォーターがある。

「心遣いだけ受け取ろう。なにが入っているかわからないものに口はつけない」

軍人らしく、警戒心の強い人だ。

いつもゼノと食事を取っているテーブルに向かい合って座り、威圧感にうつむいた。他人と同席するのは初めてである。しかも軍人だ。

「俺はニキアス。おまえ、名は」

「ユキハと申します……」

緊張で、答える声も小さくなってしまう。

「そういえば、そんな名だったか。マリアーナとは城でよく会っていたから覚えているが、おまえはアレキサンドライトの村に戻ってから生まれたんだったな」

「覚えていません……」

村のことも母のことも。

「そうだろうな。村が焼かれたときは、まだ二歳かそこらだった」

おぼろげに、火や悲鳴の記憶がないではない。幼い頃は何度も夢に見て、泣きながら飛び起きた。そのたびゼノが同じベッドに来て一緒に寝てくれた。

「あの……、どうしてぼくが母の子だとわかるんですか」

ニキアスは冷たい目をしたまま、口もとだけを笑いに歪めた。

「そうでもなければ、王位継承権を放り出してまでおまえを育てる理由がない。マリアーナはゼノと恋仲だったからな。それにおまえはマリアーナに生き写しだ」

恋仲という言葉に衝撃を受けた。

もしかして……。

嫌な疑いが頭に浮かぶ。

もしかして、ゼノは生き写しだというユキハを、母の代わりに——？

ぎゅっとズボンを握ったユキハに、ニキアスはさらに衝撃的な言葉をぶつける。

「自分がゼノの息子だと知っていたか？」

目の前が真っ暗になった。

言われた内容を頭が理解することを拒み、衝撃だけが脳の表面をざらりと撫でていく。

「……う、そ……」

「時期的に合う。ゼノが三年間の外国派遣に出る直前に種をつけ、マリアーナは村に帰っておまえを産んだ」

ニキアスの話が受け入れられず、頭の中がぐるぐるしている。

母とゼノが恋仲だったというのも衝撃だが、自分がゼノの息子だなどと。ゼノと自分は夫婦になった。親子でそんなこと——！

蒼白になったユキハの脚がかたかたと震える。

ユキハの様子を見たニキアスは、探るように声を低くした。

「まさか、ゼノの子を孕んではいるまいな？」

「……っ！」

悟られているのか、ゼノとの仲を。

動揺と混乱で、取り繕うことも誤魔化すこともできない。

「ゼノは……、ぼくは男の子だから、赤ちゃんはできないって……」

ニキアスはぎらりと瞳を光らせ、獣のように表情を険しくした。

「やはりゼノと寝ているのか。もしやと思って揺さぶりをかけてみれば……！　おまえが誘惑したんだろう、アレキサンドライトの赤い瞳で！」

間違いない。自分が月の光で欲情して、ゼノに縋った。

でも……、でも……。

血の繋がりがあるなんて、知らなかったから！

「知らないのなら教えておいてやる。アレキサンドライトの民は、男でも受胎する。満月の夜だけ、受胎可能な体に変わるんだ。それこそがゼノがおまえを他の人間から隠した理由だ」

ゼノと一緒になら夜の外出をするようになった今も、満月の夜は特に月光の力が増して危ないからと外には出してもらえない。月光を浴びなければ、ユキハも性交せずにいられないほど欲情はしない。好きな人が側にいれば触れたくなる、当たり前の欲望を感じる程度で。

そういえば満月の夜は、ゼノはユキハを抱かない。

行為の最中に赤子が欲しいとユキハが口走ったときも、辛そうにユキハだけでいいと言っていた記憶がかすかによみがえる。

（親子で子どもを作ってはいけないからだ……）

全身の血が足もとに下がり、穴にでも落ちていく気がした。

全てが、ニキアスの言葉が真実だと証明しているようだった。

「ゼノはこれから城に戻り、王位を継ぐ。おまえがいるからゼノは森から出てこられない。おまえの存在はあいつの足枷（あしかせ）にしかならない。俺もマリアーナのことは知らぬわけではない。彼女とゼノに免じて、殺さずにおいてやる。ゼノの前から消えろ」

城に戻る。

もしそれが本当だとしたら、ニキアスの言う通りユキハは邪魔になる。でも。

「ゼノは……、ずっとぼくと一緒にいるって……」

一生を共にすると誓ってくれた。

ゼノはユキハのすべてだ。ゼノのいない生活など考えられない。

衝撃でまともに思考できない頭では、思ったことを口にするのが精いっぱいだった。

ニキアスは瞳に剣呑な光を宿した。腰に下げた剣を、かちゃりと鳴らす。

「殺しておいた方が後腐れがないか？　その方が、あいつも諦めがつくだろうしな」

ごくりと唾を飲んだ。

狼に狙われた獲物のように、ニキアスから視線が逸らせない。ニキアスが椅子から立ち上がろうとしたとき。

「誰だ！　なにをしている！」

狩りから戻ったゼノが、怒りの形相で飛び込んできた。

つかつかと歩み寄ったゼノは、ニキアスの肩をつかんで振り向かせる。そしてニキアスの顔を見て絶句した。

「久しぶりだな、ゼノ」

「……ニキアス」

「どこかで生きていると信じて探してきたが、こんな森の中とは。どうりで見つからないはずだ。十五年もかかって……。城に戻って来い。次の王はおまえだ」

ゼノはきつい眼差しで、ニキアスの肩を扉に向かって押す。

「出て行ってくれ。わたしはここでユキハと一生過ごす。王位は継がない」

「そんな勝手が許されると思うのか！　王太子はおまえだ。知っているだろう、おまえの死が確認されない限り、第二継承者は王太子になれない。現国王アルヴィンさまは病気でもう先が長くない」

「わたしは死んだことにしてくれればいい。消息不明になって十五年も経てば、国王が亡くなったときに王太子不在として次の者が繰り上がる」

ニキアスは皮肉な笑みを浮かべた。

「ところが、おまえが生きていることはもう知れ渡っている。こんな森の中では情報は入らなかったろうが、ヘルム・ラデの町に白狼が現れたことは騒ぎになった。行方知れずの王子だとな。この森で白狼を見た気がするという村人の証言で、俺が確認に来た」

ゼノは奥歯を噛んで、ニキアスを睨みつける。

「間違いだったと報告すればいい。わたしにこだわる必要はない」

「あるんだよ。俺の従兄弟のユニスを覚えているだろう。王の長女と結婚して第二継承者になっているが、乱暴で浪費癖のある男だ。思慮も浅い。あんな男が王になれば国が傾く」

ゼノは眉を顰(ひそ)めた。ユニスという男を思い出しているのかも知れない。

ニキアスはゼノの肩に手を置き、真剣な声で続けた。

「戻って来い。王位を継ぎ、国を救え。おまえなら誰も反対できない。寡婦(かふ)になった王の次女がいる。彼女を娶れ。王だって娘婿(むすめむこ)になら譲位にも寛容になるだろう」

町の食堂で聞いたうわさ話が本当なら、現国王はゼノの兄のはずだ。上流階級では、家格や後継問題と照らし合わせて、叔父と姪(めい)が婚姻関係を結ぶことはままある。ニキアスはそうしろと言っているのだ。

ユキハの膝が震えた。ますます自分はゼノの重荷なのだと思い知らされる。

ゼノはニキアスの手を振りほどくと、ユキハの肩を抱き寄せた。

「断る。わたしはユキハを娶った。他の誰とも番わない」

ゼノの言葉に胸が熱くなる。ゼノはいつだってユキハを全力で守ろうとする。

しばらく睨み合い、やがてニキアスはため息をついた。

「明日は軍隊を連れておまえを迎えに来る。別れの時間はやる。逃げるなよ。逃げればその子の存在を公(おおやけ)にする」

「ニキアス！」

ゼノが荒々しく怒鳴る。

ニキアスは冷たい笑みを浮かべ、顎を上げた。

「散り散りになってほとんど絶滅寸前のアレキサンドライト族、しかも受胎可能な年齢の男だ。下手をすれば一族最後の。どれだけの盗賊や人買いに狙われるだろうな。賞金がかけられ、村や町にも行けなくなるぞ。国中の人間に追われて、どこまで逃げられると思う」

「貴様……」

ゼノの体から怒りの炎が立ち昇っているのが見えるようだ。こんなに怒った顔を見たことがない。

今にも殴りかからんばかりのゼノを、ニキアスが牽制する。

「ここで俺を殺して口封じするか？　無駄だ。俺が戻らない場合、村に待機させた軍隊を派遣するよう手筈を整えてある。おまえたちが追いつめられるのは時間の問題だ。心中するくらいしか逃げる道はないぞ。おまえにその子を殺せるのか？」

握られたゼノの拳が震えている。

ニキアスは踵を返して扉に向かった。

出ていく直前、振り返ってゼノに念を押す。

「もう一度言う。ユキハを置いて城に戻れ。捨てないなら、ユキハがアレキサンドライト族であることを公表する」

そしてユキハにまっすぐな視線を送ってくる。

「なにがゼノのためになるのか、よく考えろ」

息を呑んで見返したユキハを見たニキアスの目が、わずかに細められた。

「おまえのためだ、森から出るな。その方が幸せだ」

その声に同情のような響きが籠っていたと感じたのは気のせいか。

扉が閉まると、室内に重い沈黙が下りた。

突然舞い込んだ情報の多さに、頭が破裂しそうだ。

最後にニキアスが言った「ゼノのために」がぐるぐると回っている。ゼノは王子で、国に必要とされている。ニキアスの言う通り、自分の存在は足枷でしかない。

しかもゼノは自分の父親なのだ。知ってしまった以上、夫婦関係は続けられない。

ゼノを見上げると、厳しい顔をしてニキアスが出て行った扉を睨んでいる。視線に気づいたゼノは、安心させるようにほほ笑んでユキハの頭を撫でた。

「心配するな。最善の方法を考える」

いつものゼノだ。ユキハを心配させまいと、なにがあっても自分で抱え込もうとする。

泣きそうになった。

やさしいゼノ。大好きなゼノ。自分はゼノのためになにができる?

「……ぼくを置いていって」

ゼノは目を見開いた。

「馬鹿を言うな」

「ゼノには国を背負う責任がある。ぼくと国とでは比較にならないでしょう？　最善って言うなら、ゼノはお城に戻って王女さまと結婚するべきだよ」

　言いながら、声が震えてきた。

　本当は自分を選んでほしいと、利己的な心が叫ぶ。ゼノを失ったら、半身がもがれたように苦しくなるだろう。

　それでもゼノのことを考えたら、城に戻る方がいいに決まっている。

　今みたいに狼姿で泥だらけになって狩りをしたり、何度も洗って薄くなった服を着たりせずに済む。ただの食当たりで生死の境をさまようこともない。書物もきっと読み切れないほどたくさんある。

　なにより……、子孫も作れる。

　ユキハと二人でここを逃げ出したとして、捕まるか心中するかの二択しかないのだ。ゼノは命尽きるまでユキハを守ろうとするだろう。

　ゼノには生きてもらいたい。ユキハを捨てれば、すべて丸く収まる。

「責任と言うなら、おまえの夫としての責任がある。生まれついて課せられた責任より、自分で決めて背負った責任の方がわたしには重い」

　自分の子を娶ってしまったからか。

　思えばユキハが想いを伝えたとき、ゼノはひどく葛藤していた。体を重ねたあとは、ものすごい背徳感と罪悪感を感じているとも。血が繋がっているのなら当然だと思う。

父子の許されない関係を、ユキハには知らせず一人で呑み込んだに違いない。知ったらユキハも苦しむから、ゼノならきっとそうする。彼の気持ちに報いるには、ユキハも知らないふりを通して別れるだけだ。

ユキハは無理に笑顔を作った。

「ぼくなら大丈夫。一人でも暮らせるように、ゼノが全部教えてくれたから」

狩りの仕方も、家の修繕方法も、商人との交渉術も。

割り切ったふうを装って、できるだけ軽い口調で言った。

「だって、どうやったって逃げるなんてできないでしょう。心中なんてもっと嫌だし」

嘘だ。ゼノと離れるくらいなら、いっそ一緒に死ねたら幸福だ。

「ユキハ、やめなさい」

ゼノが怒りを滲ませた声で言う。

「それに、ゼノも言ってたよね。ゼノの方が先におじいちゃんになって、ぼくはいつか一人になるって。だったら今でも同じだよ」

心が痛い。痛い。

声が震えそうになる。泣くな。自分にできるのは、ゼノの手を放すことだけ。

ゼノになにも返せないのは心苦しいけれど。せめてこれから子を作って家庭を築ける、幸せな未来を贈りたい。

「やめなさいと言っている」

「おじいちゃんになったゼノの面倒みるなんて無理。本当は重荷に思ってたん……」

「ユキハ！」

痛いほどの力で抱きしめられ、口づけられる。

堪えていた涙がひと滴、頬を伝い落ちた。

唇を離したゼノが、両手でユキハの頬を覆って上を向かせる。鼻が触れそうな距離で、ゼノの琥珀色の瞳が細められた。

「自分がどんな顔をして言っているかわかってるのか。嘘なんかついたことがないくせに……、おまえを育ててきたわたしに見破れないはずがないだろう」

たった一度、好きな人のために上手に嘘をつくこともできない情けない自分。

「ぼくは……、ゼノに幸せになって欲しいだけ。ぼくがいなかったら、森を出ていけるんでしょう？　ゼノはもっとたくさんの人と出会って、幸せな生活ができる」

「自分の幸せは自分で決める。おまえといることがわたしの幸せだ。おまえは違うのか」

この上なく幸せだ。ゼノさえいてくれたら、他になにもいらない。

「ゼノの役には立てないよ？　力も強くないし、なにも返せるものがない」

役に立てないどころか、害にしかならない。

「どうしてそう思う。おまえにはたくさんのものを返してもらった」

なにも与えた覚えはない。

ゼノは困惑して見上げるユキハの鼻の頭に、ちょんと口づける。泣いて赤くなった鼻に、子どもの頃はよくゼノが同じようにキスしてくれたのを思い出す。

「おまえがいてくれたおかげで、エダムとマリアーナの死の悲しみを乗り越えられた。おまえが怖い夢を見てわたしに縋ったように、悪夢を見たときはおまえを抱きしめれば眠ることができた」

ときどき、夜中に目が覚めるとゼノがベッドに腰かけていたことがある。辛そうに顔や額を覆って。

そんなときはゼノの膝に乗って頭を撫でた。自分が頭を撫でてもらえると安心するから、ゼノもそうだろうと思った。そうするとゼノはほほ笑んで、長い時間ユキハを抱きしめるのだ。

「わたしが怪我や病気をしたときは、寝ずに看病してくれた」

ゼノだってしてくれた。だから自分が特別なことをしたわけではない。

「おまえに出会わなかったら、わたしは人を恨み、暴君になっていたかもしれない。自分の命と引き換えにしてもいいと思えるほどの存在を手に入れたことが、どれほどわたしを強く、心から人を愛せる人間にしてくれたか」

ゼノがとても大事に育ててくれたのは、ユキハがいちばんよく知っている。自分の存在が彼の癒しになっていたのなら、それは純粋に嬉しいけれど。

「でも、ぼくがなにかを与えてあげられたわけじゃない……」

「たくさんくれたじゃないか。花冠も、楽しく笑う時間も、わたしが居心地よく過ごせるような毎日の心配りも。わたしのために、なんでもしてくれた」

なにを言っても、ゼノはユキハのすべてを肯定しようとする。

甘い糸に縛られていく気分だ。

「そして今、わたしのために身を引こうとしている。そんなにも純粋な愛を捧げてくれるおまえを、どうして愛さずにいられる」

ユキハの両頬を親指で愛しげに撫でる。

「わたしの魂になっておいて、わたしを捨てるなんて許さない。おまえがいないと生きられない。捨てないでくれ、ユキハ」

狼のくせに、ずっと年上のくせに、まるでゼノの方がユキハを必要としているみたいに言う。

「おまえはどうしたい？　本心を聞かせてくれ」

こんなに言葉を連ねられたら、自分の心を抑えきれなくなる。

血の繋がった父子でも構わない。自分もゼノと離れたくない。行きつく先が二人の死しかないのなら、それも受け入れる。

そう叫んでしまいたい。

でも駄目だ。自分だけならともかく、ゼノが軍に追われて最後はユキハと心中だなどと、それだけは避けなければ。

一度だけ目を閉じて心を決め、ゆっくりとまぶたを上げた。

「ゼノといたい……」

本心だ。心の底から、一緒にいたい。嘘じゃないから、ゼノにも見破れない。

きつく抱きしめれば、ゼノも熱い抱擁(ほうよう)を返してくれる。

「考えるから……。おまえにとっていちばんいい方法を」

「うん。愛してる、ゼノ」

いつもユキハのことばかり考えてくれるゼノ。でも自分だって、ゼノのことを考えたい。子どもではなく、最後まで伴侶でいたいから。

「じゃあ、ぼく夕食の支度するね。ゼノはゆっくり考えることに集中して」

そう言って体を離すと、ゼノは心配そうな顔をした。

ユキハはほほ笑んで、ゼノの頰にキスをする。

「ごめん、ぼくも落ち着かないから、なにか手を動かしてたいんだ」

それも本当だ。じっと座ってなどいられない。

ゼノもほほ笑みを返し、ユキハの頰に口づけた。

夕食の支度といっても、肉と野菜を一緒にスープで煮込むだけだ。そのときどきでハーブや香辛料を変え、風味を変えている。

幸い森には、豊富な種類の植物がある。薬草にして村や町で売れるほど。

ユキハはテーブルで肘をついて考えに沈むゼノをそっと横目で見て、竈近くの香辛料の棚から、目的のものを手に取った。


はあ、はあ、と生温い夜の空気に自分の呼吸音が混ざる。

暑い中でも月光避けのぶ厚い冬用の外套を纏ったユキハは、木の根を避けながら深い森の中を歩いていた。ユキハの足音に驚いた小動物が、草の間を飛び跳ねて逃げる。

(苦しい……)

外套ですら月の光に極力触れぬよう、できるだけ影を選びながら進む。

それでも満月の輝きはユキハの情動を高め、激しい淫欲を駆り立てる。服の下は、じっとりと淫靡な汗が滲んでいた。

今日に限って、どうして満月なのだ。視界が悪くないのはありがたいとはいえ、せめてもっと月光の弱い夜ならば――。

「あっ……！」

暗いところを歩いていたせいで、なにかに足を取られて思い切り転ぶ。

「つう……」

痛みで一瞬淫欲が飛ぶが、横になったことで体の疼きがひどくなった。ズボンの下で昂り切った欲望が、解放を求めてびくびくと震えている。

「……く、……」

思わず慰めようと伸ばした手を、強い意志の力で引き戻した。

そんなことをしている場合じゃない。ここで自慰など始めたら止まらなくなってしまう。力が抜けて動けなくなったらどうする。

苦しい意識の中で、ゼノのことを思い浮かべる。まだ眠っているだろうか。

願わくは、明日ニキアスが彼を迎えに来るまで、眠っていてくれますように。

「いた……」

木につかまりながらなんとか立ち上がり、よろよろと歩き始める。

ゼノの夕食に睡眠作用のある薬を忍ばせ、深く眠らせた。大型の獣を捕獲する罠に使う餌にも混ぜる、無味無臭の薬だ。鼻のいいゼノにわからないよう、念のため強い香辛料で味つけしたスープに混ぜた。

ゼノがすっかり眠ってしまったのを確認して、身軽に動けるよう最低限の荷物を持って家を飛び出した。背嚢には何種類かの薬、ナイフ、少しばかりの食料と着替えだけ。

狼になったゼノにできるだけ匂いを辿られないように、泉から溢れる水の流れを下り、途中で反対に出て森の小道を進んだ。

濡れた外套が纏わりついて歩きづらいが、月光が降り注いでいるせいで脱ぐことはできない。淫欲に塗れた体も、ユキハの足を鈍らせる。明け方まで待っていたらゼノが起きてしまうかもと考えたら、夜のうちに家を出るしかなかった。もっと早く歩きたいのに！

「のど、渇いた……」

泉で皮袋に詰めた水を取り出す。

木に背を預け、ひと息に飲み干さないよう注意しながら口に含む。

覚悟はしていたが、夜の森はまったく見知らぬ場所に見えた。よく知っているはずの道でさえわからず、距離感も方向感覚もあやふやになる。もはや自分がどっちに向かって進んでいるのかもわからなかった。

「行かなきゃ……」

できるだけゼノから離れなければ。違う森に行き、新しい自分だけの家を作ってひっそりと暮らそう。誰とも関わらない。ゼノとの想い出だけを胸に、一生一人で過ごす。

大好きなゼノ。たった一人、ユキハの大切な人だから。

子を儲け、国を治めて、健やかに過ごしてほしい。自分さえいなければ、ゼノは森を出ていける。禁忌の関係の想い出は、きっといつかゼノの重荷になるに違いない。もしそうすることでゼノの心が軽くなるなら、ユキハのことも忘れて構わないから。

「幸せになって……」

つぶやいたとき、向かいの茂みでがさりとなにかが動く音がした。

一気に緊張が高まり、息を潜めて茂みに目をやる。

がさがさと葉が揺れ、薄汚れた毛を持つ犬が姿を現した。

（野犬……！）

しまった、と周囲を見回す。気づけば、闇の中で爛々と輝く黄色い目に取り囲まれていた。

野犬の巣に紛れ込んでしまったのだ。

（どうしよう……）

口の中が乾いていく。犬たちののどから、低い唸り声が響き始めた。

一頭ならばナイフで応戦できても、こんな数では勝ち目がない。足の速い野犬を相手に走って逃げることも不可能だ。ならば――。

寄りかかっていた木をちらりと見上げ、身を翻していちばん下に張り出している枝に飛びついた。犬は熊と違って木に登れない。

吠え声を上げた野犬たちが、一斉にユキハに飛びかかる。

「あ……っ！」

身軽に木に登りかけたユキハの外套に噛みつかれ、力任せに下に引っ張られる。複数の犬に飛びつかれれば、ひとたまりもなく落下した。外套を着ていたばかりに！

とっさに体を丸めて外套にくるまり、獰猛な犬の牙から身を守る。外套を引きはがさんと犬たちがあちこちを咥え、互いに引っ張り合う。死を覚悟してぎゅっと目をつぶった。

（ゼノ……！）

一瞬の間に、ゼノの笑顔が頭を埋め尽くす。

死への恐怖よりも、もしも野犬に食い散らかされたユキハを見つけたら、ゼノが慟哭するだろうという恐怖しかなかった。ならば骨も残さず喰らい尽くして欲しいとさえ。

外套の厚い生地を通して牙が腕に食い込みかけたとき、

「ギャウ……ッ！」

どんっ！　という衝撃とともに、犬たちの気配が遠ざかる。

フードのすき間から見上げれば、白金の狼がユキハを守って立ちはだかっていた。

「ゼノ……！」

野犬より二回りも大きな白狼は怒りに毛を逆立て、低い姿勢で唸り声を漏らす。怯んだ野犬たちが丸めた尻尾を後ろ脚の間に挟み、じりじりと後ずさった。

白狼はたった一頭。けれど怒気で何倍にも大きく見える白狼は、圧倒的な力の差を誇って野犬たちを怯えさせている。敵わない、と本能を殴りつけるような強さで。

白狼が月に向かって遠く高らかに吠え声を上げた。威嚇の雄叫びだ。野犬たちは一目散に四方に散っていった。

辺りがしんと静まり返る。

「ゼ……ノ……」

ゆっくりと振り向いた白狼の目は、怒りで炎のように輝いていた。

ユキハが薬を仕込んだことは気づかれただろう。人間にはどのくらいの量を入れればいいかわからず、きっと朝まで眠らせるには足りなかったのだ。

怒りに任せて、食い殺してくれればいいのに。そうしたらずっとゼノといられる。ゼノの一部になれる。

でもゼノは絶対にそうしてはくれない。ユキハを追いかけてきたのは、ただ怒りをぶつけるためではないから。

傍(かたわ)らに落ちていた背嚢から、ナイフを取り出して自分の首筋に当てた。

「あっちに……、行って……」

狼の姿でも、愛しいゼノを見れば月光で昂った体が疼く。下腹が熱く絞られて、種を求めて収縮している。そんな自分が嫌だ。

「手放してくれないなら……、ここで死ぬ……」

追ってきてくれて嬉しかった。それだけでもう充分だ。

白狼はぐるぐると唸り、ユキハを睨みつける。

その目が、逃がす気はないと物語っていた。ユキハの中で喜びと絶望が絡み合う。

もう……。

「……ぼくたち、血が繋がった親子なんでしょう？　なのにこんな関係、だめだよ……。どっちにしたって別れるしかないんだから……、ゼノだけでも幸せになってよ……っ、お願いだから……！」

言いながら声が震え、涙が零れてきた。

一緒にいたい、一緒にいたい、一緒にいたい――！

心が叫ぶ。本当は親子でも男同士でも関係ない。たとえ妾(めかけ)だって下働きだって、ゼノといられるなら喜んでついていく。でも自分とゼノの関係が知られれば、禁忌(きんき)を犯した王などと後ろ指をさされ、罪人のような目で見られるかも知れない。

嫌だ。自分はどう言われてもいいけれど、ゼノにだけは傷をつけて欲しくない。

だから自分はゼノから離れるしかないのだ。一生自分の存在を隠して森で暮らすから。

「お願いだから……、何度もゼノを諦めさせないで……」

辛い。心が引き裂かれて血が噴き出しているみたいだ。

「ユキハ」

人の姿に戻ったゼノが、狼のときと変わらない瞳でユキハを見つめている。

剣のように鋭い視線に、ユキハののどがひくりと震えた。

「なにを吹き込まれたか知らないが、わたしとおまえが血縁だなどとはあり得ない。マリアーナとの間にそんな事実はない」

混乱した。

ニキアスの言葉は真実のようだった。だって。

「ゼノはぼくだけいればいいって言ってた……。子どもはいらないってことだよね？　作っちゃいけないから、満月にはぼくを抱かないんでしょう……？」

ゼノの赤子が欲しいと言ったユキハに、そう答えたはずだ。

アレキサンドライト族の男が満月にだけ子を作れる体になるのはニキアスから聞いた。ニキアスが知っているのだから、もちろんゼノも知っているに違いない。だからこそ、毎夜のように熱を交わしていても満月には手を触れなかった。

ゼノは苦しげにユキハを見た。

「赤子を産むのに充分な衛生環境も作ってやれず、産婆も呼べない状況ではそれだけで命に係わる。無事に産めても、乳はどうする。アレキサンドライトの男の乳の出がよくないということをわたしは知っている。もらい乳をすることも乳母を雇うこともできないのに」

ただでさえ平民の子どもの生存率は高くない。ましてや誰の助けも得られないこの二人の状況では、赤子を育てるのは絶望的だ。せっかく受けた生を、腕の中で散らすことになる。

「そんなことになったら、どれだけおまえが傷つくか。その上おまえの体になにかあったらと思うと、子が欲しいなどとは口が裂けても言えなかった」

「じゃあ……」

「欲しくないわけないだろう。愛するおまえとの子を」

ユキハの目をまっすぐに見て応えるゼノに、嘘があるようには思えない。

いつもいつもユキハのことばかり考えてくれる愛しいゼノとの子が欲しいという思いが、あらためてユキハの中に湧き起こる。満月に疼く体が、子種が欲しいと叫んでいる。

それでも本当の親子ではという疑惑が胸の中に渦を巻く。

ユキハの躊躇いを見透かしたゼノが、ナイフをつかんだユキハの手を取った。

「あ……っ!」

ゼノはユキハの手ごとナイフを自分の心臓の上に当てた。きつい眼差しでユキハの視線を捉える。

「おまえはわたしよりニキアスを信じるのか?」

どん、と胸を衝かれた気がした。

自分は……。

「おまえを悩ませ、悲しい決断をさせた自分を許せない。わたしを信用してくれ。決しておまえを裏切らない。もしどうしてもわたしを信じられないならば……」

ゼノはぐっとナイフを自分の胸に押し当てる。ユキハの手に、ナイフの先がわずかにゼノの肉に食い込む感触があって血の気が引いた。

「おまえの手で殺せ」

ユキハの唇がわななないた。

「や……、ゼノ……、手を、放して……」

「この十五年でおまえの信用を得られていなかったというなら、今後の一生をかけて信用を手に入れる。狼の愛をおまえに見せてやる」

真剣な眼差しと言葉に、真実が宿っている。魂が震えた。

自分は今までなにを見てきた？　誰と過ごしてきた？　全幅の信頼を置いてきたゼノが、自分を信じろと言っているのだ。

「わたしとニキアス、どちらを信じる？」

これ以上、なにを迷うことがあるだろう。

「ゼノを信じる……！」

言うと同時にナイフから手が離れ、きつく抱擁（ほうよう）された。

全身を包む体温と腕の強さ、ゼノの匂い。自分のすべてが、髪の先までが喜びに満たされている。ここが自分の居場所だ、と心の底から感じている。

この人と離れるなんて、最初から自分には無理だったんだ。

「わたしに足りないのは覚悟だった。すべてを背負う道を、わたしは切り開く。信じてついてきてくれ」

たとえこの先がどんな道でも。

「ゼノを信じてる。どんな道でも、ぼくはゼノについていくよ。でも、ぼくにも半分背負わせて。夫婦なんだから」

二人で逃げるのでも、一生城に閉じ込められることになっても、愛人として扱われようと。ゼノと一緒なら他になにも望まない。

ゼノは愛しげにユキハの頬を撫で、唇を重ねた。

「愛してる、ユキハ」

だんだん深くなる口づけに、ゼノを受け入れたがる体が熱を持っていく。

「もう悲しい思いはさせない。まだわたしの子を欲しいと思ってくれるか？」

子を孕む可能性のある満月での行為は、ゼノの覚悟の証明に他ならない。

「愛してる、ゼノ……、ほしいよ……」

唇を離し、ゼノの腕から立ち上がった。

ユキハの足が進む。数歩先の、木々の葉が途切れた先に輝く満月の光の中へ。

見上げれば、空には驚くほど大きな真円の月が輝いている。

「すごい……」

外套を脱ぎ落とし、月に向かって両腕を広げて、全身で光を受け止めた。

雨のように降り注ぐ月光が、体の隅々にまで入ってくるのを感じる。腹の奥に官能の熱が生まれ、妖しく蠢く。

「ああ……」

体が作り替えられていく。男を受け入れる部分の奥底に子を孕む機能を宿しているのが、本能的にわかった。

ぶるりと身を震わせた。新しく生まれ出た器官が子種を欲しがっている。

「ゼノ……」

情欲の色に染まった瞳でゼノを振り返れば、彼もすでに色を湛えた瞳でユキハを見ていた。

視線だけで、ちりちりと灼けつくように感じる。

腰が熱くなって、陰部が濡れるように疼く。見つめ合いながら、半開きにした唇をゆっくりと舌でなぞって濡らした。

ユキハの誘惑に煽られて、ゼノの体から雄の獣欲が立ち昇る。

「熱いよ……」

言いながら、前開きのシャツのボタンをひとつひとつ外していく。小さな胸粒が覗き、次いでささやかにくぼんだ臍が現れる。ゼノの視線が、露わになっていくユキハの肌をなぞる感覚に肌が粟立った。

すべての衣服を脱ぎ去れば、ユキハの肢体が白く浮かび上がる。漆黒の髪と白い肌の対比が艶やかな色香を垂れ流した。

「きれいだ、ユキハ……」

　ゼノは魔物的な赤眼に引き寄せられたような足取りでユキハに近寄ると、細い腰を力強く抱き寄せた。喰らうようにユキハの唇を奪う。

「ん……、は……っ、ぁ……」

　舌を呑み込まされるような濃厚な口づけを受けながら、ゼノの手に荒々しく体を愛撫された。膨らみなどない胸を激しくまさぐられ、片手でつかめるほど小さな尻の肉を痛いほど揉みしだかれる。

　普段のやさしい愛撫とは違う、獣欲をむき出しにした雄の愛情表現だ。

　ゼノの男根は鋼鉄の性具なのではと思うほど硬く勃ち上がり、くっきりと巨大な形を現してユキハの腹に押しつけられる。

　いつも大人らしい余裕を持ってユキハに合わせるゼノの、切羽詰まった様子に興奮する。

「ゼノ……、すき、ゼノ……」

　口づけながら、月光に煽られたユキハの手も大胆にゼノの体を確かめていく。剛棒の先端に透明の蜜が滲んでいるのを見たら、理性が弾け飛んだ。

　精力的な雄の匂いがたっぷりと纏わりついた男根に、跪いてむしゃぶりついた。

（ゼノの味……）

塩気があるのに、心が甘いと錯覚させる。

先端から垂れ流れる滴を舌を伸ばして舐め上げ、なお足りずに鈴口から蜜を吸い上げて飲み込んだ。

「んん……」

興奮状態になった男の形は、自分のものと全然違う。

根もとから堂々と太く、肉茎の中ほどがたくましく膨れている。充分な長さのある肉茎の先端で最奥を突かれると、ユキハはいつも泣いてしまうのだ。

「おおきい……」

太い血管を浮かび上がらせる雄茎の側面を下から上に唇を使って愛撫する。ゼノの荒い息遣いとユキハの頬を包む汗ばんだ手のひらが彼の快感の度合いを示していて、触れられずとも自分も一緒に感じてしまう。男根に奉仕しながら卑猥に腰を揺らめかせた。

「ユキハ……、わたしも満月には狼の血が騒ぐ……。悪いことをしてしまいそうだ……」

ゼノの言葉の意味がわかって、子種を欲する器官がきつい収縮を始めた。

見上げれば、狼と同じ琥珀色の眼が劣情に輝いている。

唇を離すと、男根の先端との間にアーチ状に糸が引いた。

「ゼノ……」

濡れた唇を拭うこともせず、地に両手をついたまま目の縁まで赤く染めてゼノを見上げた。

「いいよ……、狼のお嫁さんになったんだから……」

狼の子を宿したい。

「いいのか？　普通はしない行為だぞ」

獣と番う。

ゼノから与えられた性知識しかない自分には、なにが普通の行為かわからない。幼い頃から慣れ親しんだ、人の姿も狼の姿も、どちらも大好きなゼノだ。言葉がなくとも、瞳や動きで意思疎通（そつう）もできる。なんの抵抗もない。

「ゼノの全部が欲しい」

自分から後ろを向き、ゼノに向かって獣の交尾の姿勢を取った。

ゼノの呼吸が、すぐに背後でフッ、フッ、という獣の息遣いに変わる。

期待に高鳴る胸がうるさい。

高く反らした腰の尾てい骨から背中までを、獣のざらついた舌が舐め上げた。

「は……」

熱い唾液で濡らされた肌に月光が沁み込み、淫らな快感を連れてくる。白狼はユキハの体をくまなく味わおうと、長く広い舌での愛撫を始めた。

感じやすい体の側面を通って脇までなぞられれば、くすぐったさが絶妙な快感となって白い双丘を震わせる。

丹念に可愛がられることに慣れた胸粒に舌をひらめかせられれば、腹につきそうなほど反り返った肉茎の先端から快楽のしずくが滴った。

獣の舌の感触は人間と違う。早くて激しい。

「く……、う……」

いちばん舐めて欲しい肉襞が刺激を欲してひくついている。さんざん期待を高められ、ようやっと与えられたときは嬌声を上げた。

「ああっ、きもち、い……、んあ、ぁぁ……」

穿孔をこじ開けて、狼の薄く長い舌が肉筒の内側を強引に舐める。肉壁をざらついたものでこすられる強烈な快感に、体を支えていられず腕が崩れた。

やわらかな草に額が当たると、ユキハの髪が流れる。快感の震えに合わせて黒い川のようにさらさらと動いた。

ゼノの長大な男根で拓かれることに慣れた襞口に、ずぽずぽと舌が出入りする。

「ひ……、あ、あ、あ……っ」

人間の舌では届かない部分まで舐め尽くされ、気持ちよさに涙が散った。

唾液が肉壁を伝い、子種と勘違いした粘膜がそれを飲み干そうと蠕動する。快楽に耐える指先で地面をひっかきながら、懇願の鳴き声をあげた。

「も……、おねが……、ゼノ！」

舌を抜かれた瞬間は、肉襞が寂しがった。だがすぐに白狼の大きな体がユキハを跨いで覆い被さってくる。背中全部が獣の高い体温に包まれて、ただただ愛しくなった。

涙を滲ませる目もとを舌で撫でられ、嬉しくてほほ笑んだ。

「ゼノ……、愛してる……」

白狼は愛しげな目でユキハを眺めながら、ゆっくりと雄を挿入していく。

「んあ……、あ……、あ、おく、すぎ……っ」

ぬっぷりと深い部分まで挿入ってきた雄の先端が、腸壁の奥にぶつかる。そこがいちばん奥だと思ったのに。

「あ……、ああっ、あ！　やぁ、あ、ま……って……っ、むりっ……！」

ぐぐっと腰を押しつけられ、弾力のある肉壁が抵抗する。まるでそこにもうひとつ小さな入口があるようだ。

「ゼノ……！　ゼ……、っ、……っ、ぁあああああっ……！」

ぐぷっ！　と奥まった肉の扉を開かれた瞬間、激しい快感に貫かれたユキハの肉棒から白濁が飛び散った。

みっちりと塡(は)め込(こ)まれたまま体を揺さぶられ、白狼の熱い精が奔流(ほんりゅう)のように、満月の夜だけ現れる子を孕む器官に直接注ぎ込まれた。そのたび波のような快楽に襲われ、悲鳴の形に唇を開いたまま絶頂を味わう。

ほとんど意識を飛ばしながら、同時に不思議なほどの幸福感に包まれる。

これは狼の種つけだ。愛しい人の存在だけが頭も体も埋め尽くす。愛されていると、むき出しになった本能で感じている。

特別な力を持った月の光に照らされながら、全身で愛を感じて悦びに浸（ひた）った。

月の光の影響を受けない明け方になってから家を出た二人が、軍隊の逗留（とうりゅう）する村に着いたのは昼近くだった。

普段は人もまばらでのんびりとした空気が漂う村のあちこちに、野営の天幕が張られている。大勢の兵士を泊められる宿屋がないのだ。

ゼノの姿を見た兵士の間に、ざわざわと声が広がる。

「ゼノさま……」

「王子だ」

「本当に生きていたんだ」

服は貧しくとも、辺りを払うような高邁（こうまい）な空気を纏いながら歩くゼノに、自然に人の壁が分かれた。

ユキハは緊張しながらゼノの隣を歩く。こんなにたくさんの目に注視されるのは初めてで、足がもつれそうになる。だがゼノに恥をかかせぬよう、しっかりと前を向いた。

兵士の間からニキアスが歩み出る。

「こちらから迎えに行こうと思ったが、自分で来てくれるとは手間が省けた。感謝する」

ゼノは左右の兵士の壁に目をやり、そして正面のニキアスを見た。

「わたしたちの出迎えにこんなに大人数で来ようとしていたのか。ご苦労なことだ」

ざっと見渡しただけでも三百人はいるだろうか。

これでは逃げても無駄だった。

「おまえたちじゃない。おまえ一人だ。で？　なんのために連れてきた。まさか心中を見せつけようというんじゃないだろう」

ニキアスはゼノの隣にいるユキハを顎で示した。

ゼノはユキハを守るように肩に手を回す。

「妻を帯同してなにがおかしい」

兵士が顔を見合わせる。

アレキサンドライト族の特徴でユキハの顔立ちは中性的だが、服も体つきも女性に見間違うものではない。男を愛人に持つことは珍しくないが、婚姻は通常あり得ない。

ニキアスはユキハを見て、かすかに同情を響かせた声音でつぶやいた。

「森から出ない方が幸せなものを……」

ユキハはニキアスの目を見返してこくりと息を呑んだ。

「ゼノと一緒にいます」

声が震える。だがはっきりと言った。

ニキアスは面白くなさそうに鼻を鳴らした。

「二人とも、この状態から逃げられると思っているんじゃないだろうな」

ユキハがアレキサンドライト族であることは秘匿せねばならない。ならばユキハを捨てるか、二人で逃げるか、その選択しかないはずだ。

ゼノは周囲に集まった兵士と村人に向け、高らかに声を上げた。

「ここにいるのはアレキサンドライトの民！　わたしの妻である！」

ざわっ、と空気が揺れた。

ニキアスは目を瞠り、慌てて近づいてきた。

「おい！　いいのか、知られても！」

ゼノは傲慢にも見える目つきで周囲を見渡した。

「わたしは国もユキハも捨てない。わたしはこの国で王となり、再び少数民族の保護に力を注ぐ。それがユキハを守ることにも繋がる」

「婚姻と関係があるのか！　妾ならともかく！」

「愛するものを妾になど、不誠実なことをする気はない。そんなことで国を守れなくなるなら、わたしに力がないだけのこと。おまえはそんな王が欲しいのか」

ぐ、とニキアスが言葉に詰まる。

「ユキハは少数民族の象徴だ。父が当時保護民族に指定したばかりのアレキサンドライトの民、エダムを乳母として迎え、手厚く保護していることを盗賊どもに知らしめたように。わたしはユキハを妻として娶り、保護活動の象徴とする」

ニキアスは言葉もなく、呆然とゼノを見つめている。

これがゼノの出した答えだ。

まったく問題がないと言ったら嘘になる。王家に釣り合わないユキハに反発は必ずあるだろう。アレキサンドライトの民と知らしめたことでの危険もある。

だがユキハがすでに警戒心のない子どもではなくなったこと、婚姻という形を取れば常にゼノの側にいられる待遇を得られること、森育ちのユキハが刃物の扱いに長(た)けていてある程度自分の身を守れること、妃ともなれば兵による厳重な警護をつけられること。

逆にユキハをアレキサンドライト族と公にした上で堂々と守るという、大胆な結論にたどり着いたのだ。

それを聞かされたときは、正直怖かった。誰とも関わったことなどないのに、たくさんの人に囲まれて公務もこなさねばならない。ユキハにとっては険しい道の連続だろう。

でもゼノを信じている。彼といられるなら、自分はなんでもやってみせる。

「ニキアス」

ゼノの体から、ゆらり、と白い炎が揺らめくような威圧感が立ち昇った。途端、周囲の空気が変わる。名を呼ばれたニキアスがびくりと体を揺らした。

大きな声も大げさな身振りもなにもないのに、ゼノがひと回り大きくなったように見える。ゼノの醸(かも)し出(だ)す凄みに、まるで目に見えない大きな手で頭を押さえつけられたようにユキハは身を低くしたくなった。

全員が固唾(かたず)を飲んでゼノの次の言葉を待っている。

「わたしが次期国王だ。わたしが決める。おまえの指図は受けない」

背筋がぞくっとした。

たった一人のゼノに対し、数百人からの兵士が圧倒されている。自然に地にひれ伏したくなっているだろう。野犬たちが本能的に白狼との力の差を感じて逃げ出したように、生物としての圧倒的な差に身が震えた。着ているものも、立っている場所も関係ない。

「わたしは誰の傀儡(かいらい)にもならない。大切なものを守るためなら誰とでも闘(たたか)う。必要なら、兄とさえ。わたしを次期国王と認めるなら、ニキアス……」

ゼノの迫力に呑まれたニキアスにされた要求は簡潔だった。

「膝をつけ」

ニキアスは長い旅路の果てにやっと宝を見つけたような表情をし、ゼノの前で片膝をついて頭を垂れた。

「お仕えいたします、殿下」

周囲の兵士も当たり前のように次々にゼノに膝をつく。

見渡す限りの全員が、ゼノに向かって拝礼している。村人も地に頭をつき、次なる白狼王に敬意を示した。

人が立てる音はなにも聞こえない。呼吸すら控えて、ゼノの次の言葉を待っている。小鳥たちが囀る声が、静謐さをより際立たせた。

「わたしに不満のある者は、今この場で申し出よ。不満のない者は、わたしの兵と認める」

誰ひとり身動きする者はいない。

ゼノは低音の楽器のような張りのある声で、全員に聞こえるように言った。

「わたしはこの者を娶り、正妃として遇することを宣言する。異議のある者はいるか」

なんの音も聞こえない。

だがゼノの風格に魅せられた兵士からは、反感の気配は一切感じられなかった。ゼノの言うことにならう従う。そんな空気が漂っている。

「ではおまえたち全員が証人だ。面を上げよ」

膝をついたまま、ニキアスが、兵士たちが、村人が、顔を上げてゼノを見た。

ゼノはおもむろにユキハの前に膝をつく。

「ゼノ……！」

兵士たちが息を呑む気配が伝わってきた。ユキハもゼノがなにをしているのかわからず戸惑う。

ゼノはユキハの手を取ると、指先に口づけた。真摯な琥珀色の瞳がユキハを見つめる。

「あらためて求婚する。わたしと一緒になってくれ。白狼の血にかけて、生涯おまえを守り、愛すると誓う」

じわじわと、胸に感動が広がっていく。

ユキハを王太子妃に迎える宣言をするとは聞いていたが、まさか求婚までされるとは思わなかった。

泣き笑いの表情になりながら、二人だけに通じる言葉で返事をした。

「ゼノがおじいちゃんになったら、ぼくが守るよ」

いつも通りのほほ笑みが返ってくる。一生この人の隣にいるのだと思ったら、幸せで溺れてしまいそうだった。

村の宿屋で唯一の貴賓室のベッドは、ユキハがこれまで使った中で、最高に柔らかくて気持ちよかった。真っ白なシーツの下に、厚い布が敷いてある。

「すごい、ふかふか！」

森の家では、袋に詰めた藁を木のベッドの上に乗せていたし、年に数回の買い出しで村や町の宿に泊まるときは、ベッドに藁があるだけいい、というものだった。

高級な部屋は気持ちがいいのだと、ユキハはベッドの上で意味もなくごろごろ転がりながらその感触を楽しむ。用意してあった寝間着も、新品で真っ白だった。温かい風呂には石鹸まであり、至れり尽くせりだ。

ゼノは笑いながら、横になったユキハの頭を撫でる。

「楽しいか？　城に行ったら、もっとふかふかのベッドがあるぞ」

「ほんと？」

「ああ。羊の毛を詰めた敷きものや、鳥の羽根を詰めた上掛けがある」

これよりふかふかだなんて信じられない。雲みたいなものだろうか。

「それから、本でしか見ないような宮廷料理も」

「えっ」

ユキハの頭の中を、本で見た数々の料理が駆け巡った。

「じゃあ、じゃあ、孔雀の羽根飾りのついた丸焼きはある？　あと、牛乳で作った甘いお菓子も！」

「なんでもある。食べたいものがあれば料理長に言えばいい」

ふわあ、と間抜けな声を出してしまった。想像もできない贅沢だ。

ゼノは他にも湖でのボート遊びや、美しい花が咲き乱れる温室、すべすべの絹でできた服の手触りなど、ユキハが喜びそうなことを次々と話す。

ユキハがいちいち興奮して尋ねるのを、ゼノは温かい目で見つめる。

ふと会話が途切れたとき、ゼノはユキハが知らない場所に行くのを少しでも楽しみにできるよう気遣っているのだと気づいた。

森からほとんど出たことのない自分にとって、王宮などまさに別世界。しかも世間知らずの自分が王太子妃となって公務もこなさねばならない。楽しいばかりでなく、きっと辛いこと、大変なこともたくさん待ち構えているに違いない。

ゼノと一緒なら、なんでも乗り越えていけると思うけれど。

「大好き、ゼノ」

ぽふ、とゼノの胸に抱きついて甘い匂いを嗅いだ。ゼノはユキハを抱き寄せ、つむじにキスを落とす。

「不安か？」

未知の世界には不安もあるけれど、それ以上に期待が上回っている。

「不安もあるけど……、ゼノとなら楽しみだよ」

本心から言った。

少なくともこの村にいる全員に婚姻を認められ、幸せと甘い興奮がユキハを包んでいる。

「城に戻る途中で、アレキサンドライトの村に寄ってもらうことにした。今は無人で墓しかないらしいが、エダムとマリアーナに結婚の報告をしよう」

「うん」

初めて墓参りができる。お墓にいったら、花を飾ろう。うさぎの尻尾で作ったお守りも。

ユキハはとても幸せに暮らしていると報告したい。

眠気が来て、はふ、とあくびをした。ゼノに甘えたくなって、おねだりをする。

「おおかみさんになって」

ゼノは服を脱ぐと、すぐに白狼になってユキハに寄り添ってくれた。

ふわふわの白い毛皮を腕に抱きしめ、すうと匂いを嗅ぐ。大好きなゼノの匂いがする。

これからの生活は大変かもしれないけれど、ゼノがいればきっと大丈夫だと安心して目を閉じた。


——ユキハと白狼のゼノが、花冠を乗せた赤ちゃん白狼と花畑で遊んでいる夢を見た。

∽ 愛玩うさぎは食べちゃダメ ∽

Aigan_usagi wa tabecha dame

ユキハが他の人間と馴染めるだろうか、というのが、ゼノの最大の心配ごとである。

森育ちでゼノ以外と交流したことのないユキハにとって、外界の人間たちと会話をするのがかなりの重圧なのは想像に難くない。

ユキハが他の人間と馴染もうとして、緊張しながらも積極的に声をかけているのは知っている。ときどき空回りしてしまうのを見るのは胸が痛むが……。

「ゼノ、うさぎがいる」

エイラム王国の首都に移動する旅の途中、逗留した伯爵家の庭で、柵で囲われた草地に数羽のうさぎが草を食んでいるのを見つけた。柵の側では、伯爵夫人と十歳くらいの令嬢、そして侍女たちがうさぎを眺めている。

こくり、と息を呑んで顎を引いたユキハは、意を決したように「行ってみようよ」と彼女たちの方を指差した。

ゼノの胸に不安が渦巻くが、そんなことは顔に出さずにやさしくほほ笑んでユキハの肩を抱いた。

「ああ。挨拶の仕方は覚えているな？」

「うん、大丈夫」

硬い表情に笑みを貼りつけたユキハは、明らかに緊張している。

外界から遮断(しゃだん)された生活をしていたユキハには知らないことがたくさんあって、その最たるものは〝女性〟だと思う。

ゼノと二人きりの生活で、たまに村や町に出ることはあっても、他人とおしゃべりなどしたことがない。しかも女性とあっては、遠くに見かけるだけの生きものという程度の存在だっただろう。

だがいずれ王妃となるならば、社交から逃げるわけにはいかない。特に妃という立場上、ユキハが男性であっても貴婦人たちとの会話は必須になる。ゼノが王位を継ぐために城に戻ることになったのも急な話ではあるし、社交についてユキハに教え込む時間はなかったが……。

女性たちに近づき、ゼノが声をかける。

「ごきげんよう」

少しでも自分とユキハの印象をよくすべく、極力にこやかに。

「まあ、殿下。お散歩ですの？」

振り向いた伯爵夫人は人のよさげなほほ笑みを浮かべた。ほ、と心の中で息をつく。

十五年も行方不明だった自分も、外部から見れば相当怪しいだろう。だがこの辺りはまだ田舎(いなか)なことが幸いした。使用人たちを見ていても感じたが、のんびりした気質の人間が多いらしい。夫人の隣にいる小さな令嬢も、ゼノたちに興味津々(しんしん)で好意的な視線を向けているし、これならユキハが女性との会話に慣れるのに最適だ。

「ええ、美しい土地ですね。家族と湖の周りを散策してきました」

領地を褒めつつ、さりげなくユキハへ視線を誘導する。ユキハが緊張を強める気配が伝わったが、声は滑らかだった。

「ごきげんよう。素敵なお召しものですね。お嬢さまとお揃いで、とてもお似合いです」

伯爵夫人と令嬢は、薄紫色のドレスで揃えている。まずは着ているものを褒める。及第点だ。

上手くいきそうで、ゼノも安心した。

ちなみにゼノは王族らしく金糸の刺繍を施した上着を、ユキハは貴族の子息と同様のスタイルでやわらかなシャツとぴったりしたパンツを身に着けている。

こうして見ると、ユキハは生まれながらに貴族のようだった。白い肌は上質の絹のようだし、まっすぐな長い黒髪はきれいに後ろで束ねられている。人形のような顔立ちと薔薇色の頬、赤い唇は、子息というより大事に育てられた深層の令嬢のようである。

「お褒めに与り光栄です」

令嬢が小さく会釈すると、ユキハはやっと彼女の腕に抱かれた子うさぎの存在に気づいた。エイラム王国ではついぞ見かけない、真っ白で耳の垂れた外国産の長毛種だ。

ユキハは子うさぎを見て小首をかしげた。

「その……、生きものは……？」

あら、と伯爵夫人が笑って、子うさぎの頭を撫でる。

「東方のうさぎなんですって。先日商人から買いましたのよ。珍しいでしょう?」

「これがうさぎ?」

ユキハは驚いて目を見開いた。

無理もない。ユキハが知っているうさぎと言えば森にいる野うさぎだけだ。こんな華奢(きゃしゃ)で毛足の長いペットなど……。

と、ゼノの脳裏に危険信号が瞬(またた)いた。

(まずい!)

ユキハは子うさぎをまじまじと見て、ゼノが制止する間もなくするりと口にした。

「食べる部分が少なそうですね。でも毛皮は温かそうですから、いい帽子になるでしょう」

瞬間、伯爵夫人と令嬢の笑みが強張(こわば)る。侍女たちも「きゃっ」と小さな悲鳴を上げて両手で口を覆(おお)った。

(しまった……!)

森育ちで、自分の食料は自分で狩ってきたユキハには、うさぎを愛玩(あいがん)するという概念(がいねん)はない。肉は貴重な食料に、毛皮は防寒具にと余すところなく活用してきた。ユキハにしてみれば、社交的な褒め言葉のつもりなのだ。

ユキハが乱暴な人間という印象を与えたくない。ゼノは慌てて場を取り繕(つくろ)おうとした。

「いえ、家族が言いたいのは、うさぎの食事量は少なそうだな、冬は頭に乗せたら温かそうだなということで……」

我ながら苦しい言い訳である。

なにがいけなかったのかわからないながらも、ユキハは自分が失言をして場が凍ったことを察したらしい。令嬢を守るように抱き寄せた伯爵夫人に、慌てて腰に着けていたお守りを差し出した。

「あ、あの……、もの知らずなもので、無礼を働いていたら申し訳ありません。お詫びにこれをお嬢さまに……。ぼくが作った、うさぎの尻尾のお守りなのですが」

追い打ち！

もはや取り繕う言葉も思いつかないゼノとユキハを冷たく見た夫人は、泣きそうになった令嬢の手を引いてそそくさと場を離れていった。「野蛮な……」という侍女たちの囁き声が耳に届く。

ゼノは落ち込むユキハの背をそっと撫でた。

「おまえがまだ会話に慣れていないのは仕方がない。城に着いたら教師をつけよう。なに、挨拶も言葉遣いも問題なかった」

「ん……」

胸が痛い。俯くユキハをどうやって元気づけようかと思案していると、夫人たちが立ち去った方角から悲鳴が聞こえた。

「きゃあああっ！」

とっさに顔を上げる。女性たちの向こうに、大きな猪が立ちはだかっているのが見えた。

猪は刺激しなければ襲ってくることは少ない。だが怯えた侍女が、猪に向かって石を投げつけた。驚いた猪は突如興奮し、女性たちに向かって突進してきた。

「危ない！」

ユキハと二人、同時に走り出す。女性たちまでの距離は、ちょうど猪と同じくらい。首もとまできっちり留めた服を脱いで狼に変容する時間はない。

走りながら、二人とも身を守るために常に携帯している短剣を取り出した。

子どもの頃から育てたユキハの動きは、手に取るようにわかる。ユキハが女性たちを守る位置に走り込み、ゼノは猪に向かう。

一瞬のタイミングを逃せば命を落としかねない状況で、二人の息がぴたりと合った。

ユキハの短剣は猪の眉間に、ゼノはこめかみに、的確に急所を貫いた。

どうっ！　と猪が巨体を倒す。女性たちが悲鳴を上げ、令嬢がユキハに縋りつく。

ユキハは令嬢の腕から飛び出したうさぎを素早く捕まえると、安心させるようにほほ笑んで手渡した。

「もう大丈夫です。お怪我はありませんか」

ユキハに抱きつく形になっていた令嬢の頬に、ポッと朱が差す。

「は、はい……。ありがとうございました」

夫人も腰を折って礼を言う。

「危ないところをありがとうございました。先ほどは失礼をして申し訳ございません。こんなふうに守っていただけるなんて……」

彼女たちの目に敬慕が宿っているのを見て、ゼノも胸を撫で下ろした。ユキハを見直してもらえた上、怪我人が出なくて幸いだった。

きっとユキハなら、この先も困難があっても皆に受け入れてもらえるだろうと思えた。

部屋に戻ったユキハが「女の子ってすごくやわらかいんだね」と呟いたときに、ほんの少し嫉妬してしまったことは、恥ずかしいので内緒にしておく。

王太子の愛しき人といとけなき者たち

Ohtaishi no itoshikihito to
itokenakimonotachi

温かな日差しが降り注ぐ森の中に、その墓廟はあった。

もとは村の集会所だった小さな木造の建物は真っ白な大理石で建て直され、内側には慰霊碑と香炉が置かれている。十五年前に焼き払われた、このアレキサンドライトの村と村人たちの安息を願って。

十五年前の傷は跡形もなく、墓廟の周囲には香りのいい明るい色の花が咲き乱れていた。

「やっと来られた」

ゼノの傍らに立つユキハが墓廟を見つめる。ゼノも同じ気持ちだ。エダムとマリアーナの魂が眠っているこの場所に、何度墓参りに来たいと思ったか。

しかし見つかる危険があると思えば、足を運ぶことはできなかった。ユキハの安全を最優先に、ひたすら身を隠して遠く離れた別の森の中で暮らした。やっとユキハに故郷の土を踏ませてやれた。

墓廟の中は掃除が行き届いている。外観も手入れがされているとは思っていたが。

「もしかして、ニキアス。この墓廟はおまえが？」

ゼノとユキハの後ろから墓廟に入ってきていたニキアスを振り向く。ニキアスは顔を伏せるようにうなずいた。

「遺体はすべて火葬して、鎮魂のためにここを作った。手厚くしてやれず申し訳ないが、一人一人の名もわからぬ、全滅した村人全員分の墓を作ることは不可能だった」

「申し訳ないなど……、感謝している、ニキアス。ずっと村のことが気がかりだった。こんなに立派な墓廟も、おまえが建ててくれたんだろう？」

ニキアスは感謝などいらないというように視線を逸らした。遠縁であり、同い年の幼なじみでもあるニキアスは、昔から自身の行動には見返りを求めない人間だった。誤解されやすいが、人情深く義理堅い、信頼のおける男である。きっと墓廟だって、彼が私財で作って手入れをしてくれているに違いないのに。

「ありがとう、ニキアス」

ゼノに続き、ユキハも感謝を込めてニキアスを見つめながら礼を言った。

「ありがとうございます。ぼく、あなたのことを誤解していました。やさしい方なんですね」

ユキハはニキアスを怖がって避けている節があったが、どうやら印象が変わったようだ。ニキアスに向ける目が温かい。

ニキアスは気まずげに背を向け、

「俺は外に出ている。気が済むまで二人で故人を偲ぶがいい」

墓廟を出ていってしまった。

口下手で愛想のないところは相変わらずだ。あれが照れだと他人にも伝わるといいのだが。

「さあ、ユキハ。おまえの母親と祖母にたくさん話をしよう。おまえの好きなもの、今までのこと、これからの希望も」

「うん」

心の底から嬉しそうな顔をしたユキハと一緒に、香炉に火を入れる。甘い芳香が漂った。二人の姿が懐かしく脳裏に浮かび胸を焦がす。

ユキハを守るとマリアーナに約束したものの、まさか娶っているとは思わなかったろう。男勝りで気が強かった彼女は、自分がユキハと結婚したと聞いたら怒るだろうか、からからと笑うだろうか。エダムは呆れた顔をして、それからほほ笑むだろうか。

二人の笑顔しか想像できず、ゼノの口もとにも笑みが浮かんだ。

香が燃え尽きるまで話をして、ユキハと手をつないで墓廟を出た。


エイラム王国の王都までは、馬であと約二日の距離である。馬車なら三日かかるだろうか。本来なら真っすぐ戻るところなのだが。

「さすがに、ユキハには多少は城に上がるための教育をした方がいいだろう」

ニキアスの提案で、しばらく彼の館に滞在することにした。ニキアスの言うことはもっともだ。ゼノにしても、十五年も政務を離れていれば社会情勢に疎い。遅れた分の知識をある程度取り戻さねば、城での対話もままならないだろう。

そういうわけで、城に戻る前にニキアスの館に寄ることになった。アレキサンドライトの村からそう遠くない、森のはずれにある瀟洒な館である。

普通に考えれば、城に出仕する必要を考えて城下に居を構えるものだが。

「ずいぶん城から離れているんだな。別邸か？」

馬車に同乗しているニキアスに尋ねれば、窓の外を見ながら感情を込めずに答えた。

「妻の体が弱くてな。特に夜間は外に出られないから、社交の必要のない田舎に居を構えた。逆に城の側に仕事用の別邸を持っている」

なるほど。確かにこの辺りは町より空気がいいし、人もいないから静かに暮らせるだろう。結婚していることを少々意外に感じたが、年齢を考えれば家庭を持っていて当然だ。

館に着いて馬車を降りると、たたたっと駆け寄ってきた十歳ほどの少女がニキアスに抱きついた。

「お父さま、おかえりなさい！」

ニキアスはほとんど表情を変えずに少女の頭を撫でた。

「ただいま、イリーネ」

イリーネと呼ばれた少女は、薄い褐色の肌に青い瞳をしている。母の肌色は白いのだろうと想像できた。北方の民族だろうか。

「モネは？」

ニキアスが尋ねると同時に、「きゃん！」と小さな悲鳴が聞こえて全員が振り向いた。見れば、イリーネより小さな少女が転んで地べたに手をついている。

「ふえ……」

泣きそうになった少女を、ニキアスが抱き上げた。可愛(かわい)らしいフリルのついたドレスの汚れを手で掃(はら)ってやっている。この子がモネか。

「駆けると転ぶぞといつも言っているだろう」

「だって、お父さまがおかえりになったのがうれしくて……」

すん、と鼻を鳴らしたモネの頰に、かすかに目を細めたニキアスがキスをした。笑顔はないが、娘たちを可愛(かわい)がっているのがわかる。娘たちも父に懐(なつ)いているようだ。

ニキアスはゼノとユキハを振り向くと、モネを腕に抱いたまま紹介した。

「着くなり騒々しくしてすまない。これはイリーネとモネ。十歳と七歳の俺の娘たちだ。他に一歳のペネロペがいる」

「三姉妹か。可愛らしいな」

ニキアスが返事をしないのは、照れているからだろう。子どもに対する態度がこの調子では、せめて妻には甘い言葉をかけてやっているのかと、余計な世話ながら気になる。

「ゼノもユキハも長い馬車移動で疲れたろう。妻は晩餐のときに紹介する。部屋に案内するから、それまで二人でゆっくりしてくれ」

馬車とはいえ、護衛に囲まれて移動するユキハの気疲れも気になっていたところだ。言葉に甘えよう。

すれ違いざま、

「人払いはしてある」

とだけ囁いたニキアスの気遣いに、少々気恥ずかしさを感じつつもありがたく思った。

「ふあー、落ち着く！」

寝室と二部屋続きになった二階の角部屋に案内されて二人きりになるなり、寝椅子にぐったりと沈み込んだユキハの隣に腰を下ろした。

ニキアスの計らいで、自分たちで淹れられるよう茶器も用意してあるので、誰の目も気にしない恰好でいられる。

「慣れない馬車の移動で疲れたろう」

ゼノがやさしく髪を撫でると、ユキハは甘えて体を寄りかからせてきた。

「馬車っていうより、人がいっぱいいるのが疲れたかな」

そうだろう。これまでユキハの周りにはゼノしかいなかったから、すぐに人酔いしてしまうのだ。今日はアレキサンドライトの村から館までの数時間だが、ニキアスが一緒に馬車に乗っていたのも緊張したに違いない。

ニキアスのことを見直したとは言っても、ユキハにとっては他人というだけでまだ怖い存在なのである。勉強とともに、社交も学ばせていかねば。

とはいえ、今日くらいは気楽に過ごしてもらいたい。旅の間は周りに人がいたし、夜は二人にしてくれたが、緊張で疲れ切っていたユキハは毎晩すぐに眠ってしまっていた。

しばらくここに滞在すると思えば、やっと落ち着けるというものだ。

するり、とユキハの肩から腕へ手を滑らせると、細い体はぴくんと動いた。

「ゼノ……」

見上げてくる瞳が、甘い空気を孕んでいる。若いユキハは、欲求を持て余していて当然だ。

薄く色づいたやわらかな唇を食むと、腕の中の肢体は簡単に熱を上げる。甘い舌をすくいながら、シャツをたくし上げて素肌を撫でた。

ユキハが恥じらって身をよじる。

「……っ、ゼノ……、まだ……、明るい、よ……」

森での昼の時間は貴重だ。狩りや家事や畑仕事など、なにをするでも光がないとできない。

日中はそれらに充(あ)て、自然と愛し合うのは日が落ちてからになっていた。

だからユキハも、抱き合うのは夜の行為だと思っている。

ゼノが教えたことしか性知識を持たないユキハに、優越感がむくむくと湧いてくる。

次はなにを教えてやろう。どんなふうに可愛がろう。と、雄の性質が頭をもたげた。

「ん……っ」

言葉を封じるように深く舌を絡めれば、従順に応じてくる。すぐにゼノを求め始めたユキハのシャツのボタンをひとつひとつ外していった。前の滞在地で用意してもらった、白い絹のシャツだ。

ぴったりした黒いズボンの前を寛(くつろ)げて指を忍ばせると、熱い体温を持つそこはすでに萌(きざ)し始(はじ)めていた。なぞるたび、ユキハの舌がぴくんぴくんと動く。

ユキハはゼノのシャツの肩口をつかみながら、細い懇願(こんがん)の声を上げた。

「ゼノ……、おねがい……、直接、さわって……」

すでに瞳を潤(うる)ませながらそんなに愛らしくねだられたら、焦(じ)らすような意地悪はできない。

「少し腰を上げて」

言われるまま腰を浮かせたユキハのズボンを、腿(もも)まで降ろした。

シャツの前をはだけ、下半身は性器だけを晒(さら)した中途半端な着衣に、ユキハの白い肌が羞恥(しゅうち)で薄紅色に上気する。

「ゼノ……、明るくて、恥ずかしい……」

普段は暗いランプや蠟燭の灯りか、月はあっても夜空の下だ。いつもは見えない体の細部や淡い色合いまでくっきり見える。

月光で欲情する赤い瞳のユキハの大胆さも魅力的だが、青緑の瞳で恥ずがしがる姿が新鮮で情欲を奮い立たせられた。

こんなとき、自分の雄の部分を自覚する。わざとユキハに恥ずかしがる格好をさせて、泣きながら縋ってくる姿を見たい、と思ってしまう。こんなに愛しいのに、ただただ可愛がって愛を与えたいのに、そんな顔も見たくなるのはなぜだろう。

めちゃくちゃに奪ってしまいたい情動に駆られるが、自分の欲望だけをぶつけたくない。

頬にキスをしながら、意地悪に聞こえないようやさしく尋ねた。

「嫌なら見ない。それとも、夜まで待ちたい?」

目もとを朱に染めたユキハは、ゼノの首筋に顔を埋めてふるふると首を横に振った。待ちたくない、と口に出せず行動で伝えてくるのが可愛くて愛しくて、ユキハの望むことならなんでも叶えてやりたくなる。

用意のいいニキアスのことだから、おそらく寝室には捨て布を用意してくれてあるだろうが、さすがに居間には置いていない。吐精を手で受け止めるよりは、最初からハンカチに出してしまった方がいいだろう。

「これを持って」

ユキハにハンカチを渡すと、意味を悟って真っ赤になった。ゼノに顔を見られないよう下を向き、自身の昂りにハンカチをかけて包むように両手で押さえた。

髪に口づけて、ハンカチの下に手を潜り込ませる。まだやわらかさの残るユキハの雄茎を握れば、たちまち芯を持ってゼノの手の中で勃ち上がった。

「あ……、っ」

旅の間は一人で処理をしていたのだろうが、ゼノが触れるのは二週間ぶりだ。森の家ではほとんど毎晩抱き合っていた体は、ゼノの愛撫に飢えているのがわかる。ほんのわずかな刺激も逃すまいとするように感じやすくなっている。

「あ……、ゼノ……、ゼノ、どうしよう……、は、ずかしい……っ」

すぐに達してしまいそうな羞恥と快感に涙を浮かべている。安心させたくて、肩を抱いて自分に引き寄せた。

「我慢しなくていい。それだけわたしに感じてくれているのが嬉しい」

手の中の熱がいっそう張りを強くする。

「んんん……っ、あ……、ぁぁ…………」

素直な体は、追い上げるほどもなく布に温かい染みを作った。

「は……」

脱力するユキハにハンカチから手を離させ、代わりにゼノが丁寧に拭う。快楽に貪欲な年代のユキハの雄は、一度達しただけではまったく力を失っていない。

ゼノを見上げる瞳にその先を求められていることを感じて、

「ベッドに行こうか」

ユキハを抱き上げ、隣の寝室まで運んだ。

大きなやわらかいベッドにユキハを横たえれば、長い黒髪が美しく広がる。深く口づけてから、頬や首筋に唇を滑らせていった。

開けたシャツに手を差し込み、肩を剝いて腕を抜かせる。露わになった小さな尖りを口に含むと、ユキハの唇から甘い吐息が漏れた。

「……ぁ……、ぅ……」

久しぶりにゼノを感じる体は、我慢が利かないようだ。無意識だろうが、腰を揺らしてゼノを誘ってくる。

「腰が動いているよ、ユキハ」

わざと指摘すれば、折り曲げた指の背を嚙んで羞恥に悶える。

「だって……、もう、うずうずして……」

ズボンの前立てから覗く雄茎は下腹につくほど反り返り、白い肌に透明な粘液が淫らに糸を引いている。自分で触れるのを我慢している手が、きつくシーツをつかんで皺を作っていた。

「少し間が開いたから、一回出しただけじゃまだ全然苦しそうだな」

満足させてやりたくて、蜜を零すユキハの雄芯をすっぽりと口で覆った。

「あっ……！　やあ、ゼノ……！」

波打つ腰を手で押さえ、ねっとりと茎に舌を這わせる。同時にひくつく後孔を撫でると、そこはしっとりと指に吸いついてきた。

円を描くようにほぐしながら、ほんのわずか指先を襞に食い込ませる。

「は……、あ……、あ、ん、ん、ゃぁ……、あ、ごめ……、ゼノ……」

しばらくゼノを受け入れていなかった柔襞は、受け入れたがる動きとは裏腹に慎ましく口を閉じてしまっている。月光の手助けもない今、体を繋げるのは負担になるだろう。

夜なら時間をかけてやれるが、今日はまだ晩餐もあるのだ。無理はさせたくない。

「ごめんなさい、ぼくばっかり……」

ひどく申し訳なさそうな表情と濡れ光る勃起が対照的で、ゼノの目に背徳的に映る。

途中までズボンを下ろしたユキハの両脚をすくい、膝が開ききらない不自由な姿勢で足首を肩に担いだ。

「え……っ！」

まさか強引に挿れられてしまうのでは、と一瞬怯えた顔をしたユキハに興奮を煽られた。

「可愛いユキハ。性交が挿入だけじゃないことを教えてあげよう」

「え……、あ……、っ」

腰だけが密着した体勢で、自身の男根を取り出してユキハと重ねる。大きさの違う褐色と白色の男性器が寄り添う図は、この上なくいやらしい。

ゼノの大きな手で二竿をまとめてつかみ、互いの熱を擦りつけ合うように扱き上げた。

「あああっ、やあっ、ゼノ……、これ、は、はずかし……ぃ、ぁ、ぁ――……、っ」

羞恥に快感を強めながら、ユキハが首を打ち振るう。

「可愛い……、わたしのユキハ……」

びくっ、と尻を震わせたユキハと一緒に、熱い体液を白い肌の上に迸らせた。


　情事後の気怠い体のままベッドの中で久しぶりの甘い時間を堪能し、午後の軽食をいただいたあとは森を散策することにした。

奥には泉があると警護の者に聞き、行ってみようとユキハと手をつないだ。

　森は奥に向かって細い小道が続いている。木の枝に止まった小鳥たちが高い声でさえずり、二人が近づいても小動物が怯えることなくこちらを見返し、草の匂いに混じって花の香りがふと鼻をかすめる。

「すごく平和できれいな森だね」

「ああ。ここはニキアスの館の敷地内でしょっちゅう警護も見回っているし、狩人もいないから動物も警戒していないらしい」

森全体を柵で囲ってあるわけでもないから館の者ではない人間が迷い込むこともあるが、警護が見回っているおかげですぐ対処されるようだ。村から一時間程度しか離れていないから生活に困ることもないだろうし、ニキアスは本当に静かでいい場所に居を構えたと思う。

ただ、隠遁生活には魅力的だが、城に出仕するにはやはり少々不便なのは否めないはずだ。妻の体を気遣ってのことだというので理解はできるが、仕事に支障はないのだろうか。

「あ、山猫」

ユキハが指差した方を見れば、山猫の子どもが草の陰からこちらを覗いている。珍しいな、と思った。

山猫は人里から離れた林や森、岩場に住むことが多い。人里に近い森にはあまり姿を現すことはないのだが。それに成体ならば単独で行動するが、大きさと顔立ちを見るにまだこの春に生まれたばかりの子のようだ。独り立ちするにはいささか早い。

親とはぐれてしまったのだろうか。この辺りに生息している獣には思えない。

子猫はいつでも逃げられるよう警戒しながらこちらを見る姿勢を取っている。怯えさせるつもりはないが、自分たちの進行方向にいるので、できるだけぎりぎり反対に寄って歩こう。

「ユキハ、こっちを歩こう」

「うん」

距離が近くなると、子猫はびくっと動いて姿勢を低くした。小さめの耳がぴんと横に張っているのが可愛らしい。あんなに小さくてもすぐに逃げようとしないのは、背中を見せると追われると思う野生の本能か。

案の定、かなりぎりぎりに近づいてから子猫はパッと身を翻した。が、ぴょんと跳ねたと思うと転びそうになってひょこひょこしている。

「ゼノ、あの子怪我してる」

見れば、後ろ足を他の動物に噛まれたようで、毛が赤く染まってしまっている。なるほど、他の動物に襲われて親兄弟とはぐれてしまったのか。その親兄弟も無事かどうか。

もし親猫と再会できなければ、あの怪我では幾日も保たないだろう。その前に、また他の野生動物に襲われる危険もある。まだ狩りが上手くできる月齢でもない。

可哀想だが、あの子猫の運命は決まったも同然だ。

「ああ」

とだけ返事をした。

森育ちのユキハは、自給自足で暮らしてきた。野生動物は食料や毛皮、ときには薬にするためのもので、動物を愛玩するという概念はない。

あえてゼノがそのように教えてきた。情が生まれれば狩りを躊躇するようになる。頼るもののないユキハには命取りだ。

ゼノ亡きあともユキハが森で一人で生きていけるよう、動物に対して感謝はしても過度な愛情を傾けることのないようにと。

だが。

「あの子を手当てしてあげない？」

ユキハは立ち止まり、子猫を見つめながら言う。

「飼いたいのか？」

「……ぼくも、動物にやさしくしたら、もっと他の人の気持ちがわかるかなって」

実は、森からここに移動する間に立ち寄った伯爵家で、ユキハは令嬢が飼っているうさぎを食料、毛皮扱いしてしまい、顰蹙を買ったのだ。そのことを気にしているのかもしれない。

これから城で生活するユキハは食料調達の心配をすることはなくなるだろう。王族、貴族には愛玩動物を飼っている者も多いし、情緒を育てる面で効果的かも知れない。

なによりユキハが他の人間に溶け込もうと努力しているなら、協力したい。

「ならば、ニキアスに許可を得て世話をさせてもらおう」

うん、とうなずいて早速子猫を捕獲に行ったユキハの動きは、まだ狩人のそれに近かった。標的の攻撃を避けられる位置から、サッと手足をすくって抵抗を奪う。野生動物だから、保護するぶんにはそれでいいのだが……。

「手当てが済んだら、ペットの抱き方も覚えようか」

「？」

抵抗を奪われた山猫の子は、不安そうな目でユキハの腕に収まっていた。


館に戻り、怯える子猫にやさしく声をかけながらぬるま湯で汚れを落とし、手当てをした。

動物に話しかけるという習慣のなかったユキハだが、「赤ちゃんや子どもにするように話しかけなさい」というゼノの言葉に素直に従って、「痛いよね、我慢できて偉(えら)いね」と声をかけていた。

二人暮らしで子どもとの接点はなかったが、ときどき買い出しに行った村や町での人々の会話、絵本で覚えた知識、自身が子どもだったときのゼノの様子を思い出していたらしく、不自然さはなかった。これならニキアスの子どもたちに話しかけることもできそうだ。

「ユキハ、そろそろ晩餐に行くぞ」

声をかけると、ユキハは部屋の隅に置いた檻(おり)の中の子猫にちらりと目を向けた。

以前動物を捕獲するのに使っていたという檻を譲(ゆず)ってもらい、手当てが終わった子猫をそこ

に入れた。怖がって動き回っては傷が悪化してしまうから。

　檻と言っても鹿や猪を入れられるほどの大きさがあって窮屈さはなく、やわらかい布も敷いた。子猫の牙では肉は噛み切りにくいと思ったので、料理人に頼んで生の鶏肉を叩いてほぐしてもらった。ヤギのミルクも分けてもらい、皿に入れて隣に置いた。だが餌に口をつけず、檻の隅でこちらを見ながら丸くなっている。

「鶏肉、気に入らなかったかなぁ。なになら食べてくれるんだろう」

「警戒しているんだろう。人間がいなくなったら食べるかもしれない。暗くして、静かにしておいてやろう」

　山猫はもともと夜行性だ。

「行ってくるね、ゆっくり休んで早くよくなるんだよ」

　ゼノたちが部屋に戻ってきたときにランプの灯りが眩しくないよう、檻に布をかけた。ユキハは思いのほか子猫が可愛いようだ。部屋を出て歩きながら、自分の手をじっと見た。

「ゼノ。子猫って可愛いんだね。鶏は飼ってたけど、そういうんじゃなかったし……。獲物じゃないって目で見たら、なんかめちゃくちゃ守ってあげたくなっちゃった」

　庇護欲が出てきたらしい。

　なにかを守りたいという想いは力になる。自分がユキハを守りたいと思ったことで強くなれたように。ユキハがいなければ、森での暮らしなど到底できなかっただろう。

ダイニングルームでは、すでにニキアスの家族が二人を待っていた。

ユキハからかすかに緊張した気配が伝わる。

「よく来てくれた。俺の家族を紹介する」

ニキアスの隣には、妻と思われる女性が腕に赤子を抱いて立っていた。カクテル帽に深いヴェールを着け、顔の上半分を隠している。この国の貴婦人は、もしヴェール状のものを着けるにしても、粗い網状のチュールで顔を見えるようにするのが一般的なのだが。

顔の下半分だけでも大変な美女だろうということが想像できたが、なぜ顔を隠しているのかと訝しんだ。ユキハも戸惑っている。

だが詮索は品のない行為だ。あちらから話すまで尋ねるべきではない。

「これが妻のラクシュ」

ラクシュはヴェールを取らずに会釈をした。

「イリーネとモネは先ほど紹介したな。妻が抱いているのがペネロペだ」

イリーネとモネは貴族の令嬢らしく、スカートをつまんで軽く膝を折った。上品な仕草ながら、珍しい客人に興味津々の眼差しが子どもらしくて愛らしい。

彼女たちはユキハの瞳の色が青緑から赤に変わったことに驚くと思ったが、気づいていないようで特にそのことに反応はしなかった。

ゼノとユキハもニキアスの家族に対して会釈で返した。

「ゼノと申します。隣はわたしの家族のユキハ。滞在の許可をいただき、ありがとうございます。お会いできるのを楽しみにしておりました」

互いに家族だけなので、簡易的な挨拶で済ます。本当はユキハを妻と紹介したいが、ニキアスの娘たちが混乱してしまう可能性があるので〝家族〟に留めた。ニキアスの砕けた言葉遣いに対してゼノが敬語なのは、初対面のラクシュに対する礼儀である。

ペネロペを使用人に預けてから着席を促され、食事が始まった。ユキハが緊張しないよう、あらかじめ豪華すぎないメニューを頼んでおいたおかげで、食器の使い方に困ることもない。

会話は当たり障りなく、天気や土地の印象などについてで進む。込み入った話やプライベートは、食後にサロンに移動して使用人がいなくなってからになる。

イリーネが、きらきらした目でユキハに話しかける。

「ユキハさま。わたし、ずっとお兄さまが欲しかったの。ユキハさまのこと、お兄さまとお呼びしてもいいかしら？」

え、と目を開いたユキハが、嬉しそうに口もとをほころばせた。

「ぼくも、兄妹って憧れていたんです。イリーネさまのような可愛らしい妹ができたら嬉しいです」

「嬉しい！　じゃあお兄さまと呼ばせていただきますね。でもお兄さまはわたしのこと、イリーネって呼んでください。お兄さまらしくね」

ユキハは喜びではにかみながら、

「はい、イリーネ」

と応えてほほ笑み合う。それを見ていたモネが、「モネも！」と声を上げた。

ニキアスが眉を寄せ、モネをたしなめる。

「モネ、食事中に大きな声を出すものじゃない。はしたないぞ」

モネはしゅんと下を向き、ラクシュがとりなした。

「お父さまは、あなたがどこに行っても恥ずかしくないレディになるよう、教えてくださっているのよ。叱られたわけじゃないの。お兄さまが欲しい気持ち、お母さまもわかるわ。もう一度丁寧にユキハさまにお願いしてみましょう」

モネはきちんと食器を置いて、まっすぐユキハを見た。

「ユキハさま。モネの、おにいさまになってください」

頬を染めたユキハが、モネの舌足らずなお願いに胸をときめかせているのがわかる。

「もちろん……、ぼくでよければ喜んで」

ぱあっと笑顔を作ったモネのぷっくりした頬に、えくぼができた。ユキハが子どもの頃を思い出す。

きっとニキアスにとっても宝もののような子どもたちなのだろう。この子たちが苦労しないように、誰からも愛されて幸せになるようにと厳しくしているのだ。

ちらりとニキアスを見れば、相変わらず表情は変わらないが、娘たちを見る目がやさしい。こいつも父親になったのだなと思うと、感慨深いものがある。どういった経緯でラクシュと婚姻したのか、聞いてみたいと思った。完全に好奇心で申し訳ないが。

食事が終わると、ニキアスは使用人に合図をして席を立った。

「そろそろサロンに移動するとしようか。イリーネ、モネ、おまえたちは部屋へ戻りなさい」

娘たちは残念そうな顔をしたが、大人しく父の言葉に従う。

「お兄さま、明日はわたしたちと遊んでくださいね」

「おにいさま、おやすみなさい」

二人から頬にキスをされ、ユキハは天にも昇るのではと思うほど浮かれた顔をした。

子どもたちを見送り、ポーっとしたユキハを伴ってサロンへ歩く。

「大丈夫か?」

「なんか……、嬉しくて、どうしよう。ゼノ、ぼくに妹ができたんだよ。あんなに可愛い……」

上気した頬に手を当て、瞳を潤ませている。感動で今にも泣きそうだ。

そんなユキハの様子を見ていると、ゼノも嬉しくなる。ユキハ自身も自覚はなかったろうが、今まで寂しい思いをさせていたのだ。

ニキアスに勧められてサロンのソファに座ると、ニキアスの雰囲気が変わった。真面目な表情はいつも通りだが、真剣な空気を纏っている。

「さて、妻が顔を隠していて失礼した。表向きは体が弱く、特に夜間は外出できぬ、ということになっている」

それはさっき聞いたが、表向きとは？

「本当は顔に大きな火傷を負って、人前に出られぬ姿になった」

だから顔を隠しているのか。

ユキハも痛ましい目でラクシュを見た。

「それは……、気の毒に……」

「と、周囲には信じ込ませている」

え？

「それなら田舎に引っ込んで社交を嫌うのも、顔を隠していることも納得してもらえるからな」

ニキアスがラクシュに視線を向けると、彼女はカクテル帽とヴェールを外した。現れたラクシュの顔は――。

「アレキサンドライトの瞳………!?」

ユキハと同じく血のように赤い、アレキサンドライト族特有の瞳だった。黒い髪と北方の民族のように白い肌、顔立ちもこの上なく美しく、はっきりとアレキサンドライト族の特徴を持っている。

ラクシュは優雅にほほ笑んだ。

「すぐに言えなくてごめんなさい。使用人たちの中でも本当に信頼できるごく一部にしか知らせていないものだから」

ゼノもユキハも、呆然としてラクシュを見た。

ラクシュは立ち上がると、ユキハの前まで歩いて手を取った。

「マリアーナとエダムは村では有名人だったわ。二人が王宮から戻ってきたときは、わたしはまだ十歳かそこらで、洗練された美しいマリアーナはわたしの憧れでした」

ラクシュの口から語られるマリアーナの名に、ゼノの胸の底から熱いものがせり上がってきた。自分たち以外にも彼女を覚えている人がいる。もしかしたらもう見つからないと思っていたアレキサンドドライト族の生き残りが、目の前にいる。

半開きにした唇を震わせてラクシュを見つめていたユキハに、彼女は懐かしげに目を細めた。

「大きくなったのね、ユキハ。マリアーナの腕の中にいたあなたを覚えているわ」

「……っ、ラクシュさま……！」

ぶわっ、と涙を溢れさせたユキハがラクシュを抱きしめる。ラクシュも涙を滲ませてユキハに抱擁を返した。

「ぼ……、ぼく……、ぼく、もう、同じ村の人には会えないと……、おもっ、て……、っ」

ラクシュも声を震わせながら応える。

「わたしもよ……。だからニキアスさまが、ゼノさまとあなたを見つけたと、こちらに連れてくると手紙をくれたとき、どんなに嬉しかったか……。あなたの到着を待ちわびて、一日が一年にも感じていたわ」

「ラクシュさま……」

ラクシュはハンカチを取り出してユキハの涙を拭いながら、首を横に振った。

「ラクシュと呼んで。ああ、あなたはマリアーナにそっくり。もっとよく顔を見せて」

「聞かせて……ください……。母と、祖母と……、ぼくが生まれた村のこと……」

ニキアスに目線で促され、サロンの隣の小部屋に移動した。

二人でゆっくり話をしてもらおうという気遣いだろう。自分もニキアスに聞きたいことがいろいろある。

「驚いたな。まさかアレキサンドライト族を見つけていたなんて。しかも妻に」

ニキアスは決まり悪げに視線を逸らした。

「黙っていて悪かった。周囲に護衛もいたし、妻のことは隠しておきたいから」

それはそうだろう。ゼノはユキハをアレキサンドライト族と公にした上で守る方法を選んだが、それも王太子妃としての厳重な警護をすることを含めての決断だった。ニキアスが貴族とはいえ、私費での警護には限界がある。

「俺は今後も公表するつもりはない。娘たちが心配だ」

「そうか、娘たちはどうなんだ？　アレキサンドライトの特徴は出るのか？」

「まだわからない。年頃になって月光に反応するか、瞳の色が変わるかどうか……。アレキサンドライト族が他民族と子を儲けた例が少ないから、遺伝は不明だ」

なるほど、と思った。

ゼノとユキハの子も、白狼族かアレキサンドライト族の特徴が出るか、どちらも持たないか。あるいは、どちらも持つ可能性も捨てきれない。白狼に変化するのは男性だけなので、ニキアスの娘たちが白狼になることはないが。

警戒はしていても、身代金目当てに貴族や王族が誘拐されることがある。普通なら金を払えば帰ってくることが多いが、アレキサンドライト族となればそうはいかない。

ことに性別が男であれば、身代金を要求するよりずっと高額で売れる可能性がある。もしゼノとユキハの間に男の子が生まれたら、自分で身を守れる年齢になるまでは厳重に警護する必要があると思い至った。

「だから森にまで警護を巡回させているのか」

貴族の敷地とはいえ、森の中までしょっちゅう警護を巡回させるとは用心深いと思っていた。万万が一、妻子に危害が及ぶことを考えてだろう。

ニキアスは皮肉っぽい笑みを浮かべた。

「城の王族連中の間では、俺は神経質で小心者と思われている」

「おまえが？」

若い頃から、慎重ではあっても決して小心などではなかった。

「まあ、それで妻と子が守れるなら、そう思わせておいて構わない」

「それでいいのか？」

おまえがいいなら、とは思えない。ニキアスは勇敢で強い男だ。

ニキアスはゆったりと椅子に座って脚を組み、ワインを口に運んだ。

「どうせ城に戻ったらわかることだから、今のうちに言っておく。王宮での俺の立場は、あまり芳しいものじゃない。おまえを連れて帰れば、また違ってくるだろうが」

「どういう意味だ？」

尋ねると、ニキアスは自分の現状を語り始めた。

ゼノが姿を消してから、王宮は軍隊を出動させ、王子の捜索に当たった。本人の意志による出奔、事件、事故の可能性も含めて国中に手を広げた。

しかし一年経っても一切の消息がつかめないでいると、もともと弟のゼノを疎ましく思っていた兄王は、捜索を縮小する意向を示した。

王太子の捜索がわずか一年で縮小されるなど、さすがに周囲も納得しない。そのときは貴族や兵たちからの反発もあり、捜索は変わらず続けられることになった。

しかしそれが二年になり、丸三年が経過すると、だんだん諦めの空気が王宮にも漂い始めた。

国王は自分の長女と結婚したユニスを気に入っており、彼を次期国王に据えるためにゼノを謀殺したのではと、まことしやかにうわさが流れたのもその頃からだ。

ニキアスを含む、ゼノを支持する貴族の一派や一部の兵により、それでも捜索は続けられた。

だが十年を区切りに、表立った捜索は打ち切られた。ゼノの帰還を信じるニキアスのみが、自分が捜索を続けると王に直訴したという。

ゼノに傾倒するニキアスを煙たがっていた国王は、これ幸いとニキアスをゼノの捜索に就かせるという名目で政務の中枢から遠ざけた。彼に与えられるその他の仕事も、地方に派遣されたり討伐を命じられたりと、地味で危険なものが多い。

「だからこんな場所に館を持っていても、そうそう不便でもない」

自嘲気味に笑うニキアスの話した内容に、腹が立った。好き嫌いで人選するなど、国王として愚か極まりない。

ニキアスの視線がふと和らいだ。

「おかげで妻に会うこともできたし、悪いばかりでもなかったさ」

ニキアスが言うには、捜索などで地方に向かわされる際に、ゼノが戻って来てはいないかとアレキサンドライトの村に立ち寄っていた。自分が建てた墓廟に香を焚こうと中に入ると、ラクシュが隠れていたという。

それが今から十二年前、村の襲撃から三年後の話である。

襲撃の際に命からがら単身で逃げ出したラクシュは、森の中を移動しながらなんとか一人で命を繋いでいた。

だが成熟して瞳の色が変わるようになり、自分を持て余して生まれ故郷に戻ってきた。

当時ラクシュは十七歳。夜は墓廟に身を潜めて月光から姿を隠して眠り、昼は森で木の実を齧る生活。そんなときにニキアスと出会ったのだ。

ひと目でアレキサンドライト族とわかったニキアスは彼女を保護し、他人に知られぬよう匿った。この館を買い取ったのも彼女のためである。

生まれたときから我が子同然にニキアスを可愛がってくれている乳母夫婦にラクシュの世話を任せ、ちょくちょく館に顔を出して様子を見たという。

「最初は同情だったのは否定しない。でも今は……」

世話をするうちに庇護欲が芽生え、ニキアスの訪問に心からの笑顔を見せる彼女が可愛くなり――。

「愛している」

つぶやいたニキアスの瞳は、揺らがない男の信念を持っていた。

あまり感情を見せないニキアスの情熱に触れ、ゼノの胸も熱くなる。

「おまえはいい男だ、ニキアス」

「やめろ。少し飲みすぎて口が軽くなってしまった。ラクシュとのくだりは忘れていい」

ニキアスは強引に話を変えるように、保護区の話題に移った。

「それより保護区だ。王はおまえがいなくなってから、いっそう保護区への国費を減らした。もはや名ばかりと言っていい」

「しばらく前にも、サーベルタイガー族の子どもが盗賊に攫われたと聞いたな」

「ああ、保護区の獣人たちも、もはや国に期待していない」

歯痒い。

ユキハを守るために身を隠したことは後悔していないが、自分が残っていれば少しは兄王を牽制できたはずだ。

ニキアスは真剣な顔で、ゼノを見た。

「おまえを連れ帰れば、俺の立場も有利になるだろう。皆が諦めていた次の王を見つけ出したんだ。おまえが国王になれば、保護区の復興も遠くない」

「必ずおまえを取り立てる。わたしの右腕としてともに国を建て直してくれ」

手を伸ばし、力強く握り合う。互いを見る目に、信頼と決意が溢れている。

彼の努力に報いるためにも、自分はよき国王になると心に誓った。

ニキアスと未来を祝福してグラスを合わせたとき、ユキハがやってきた。

「ゼノ。ラクシュと話が尽きなくて……、今夜はずっと話しててもいい？」

もう会えないと思っていた同胞を見つけたのだ。興奮もするだろう。ユキハは今夜は眠れないかもしれない。

だが。

「ユキハ、自分がラクシュ様にとっては、異性だということを自覚しなさい。人妻と一夜を過ごしたいなど、ニキアスに決闘を申し込まれても仕方のない無作法だぞ」

「あっ」

ニキアスにじろりと睨まれ、ユキハは真っ赤になって頭を下げた。

「ご、ごめんなさい！　同じ村の人に会えたのが嬉しくて、つい……。大変な失礼でした、どうかお許しください」

ユキハ自身、ゼノの妻という感覚でラクシュに対して異性という自覚がなく、純粋にもっと時間が欲しいと思っただけというのはニキアスも理解しているだろう。

しかし意識と事実は別である。ユキハは男性の性器を持ち、万が一どちらかが月の光を浴びてしまえば、過ちを起こさないと断言はできない。もちろんゼノはユキハから片時も目を離すつもりはないが、一般常識として一線を引くべきだ。

ニキアスはふん、と息をついた。

「そういう部分も、ここにいる間に教育していかねばなるまいな。道のりは険しそうだ」

ユキハはひたすら恐縮してニキアスに頭を下げ続ける。

ラクシュがやってきて、ユキハの肩に手を置いた。

「ごめんなさい、あなた。わたしも楽しくて、時間が足りないと思ってしまいました。わたしの方がユキハより年上なのに、分別がありませんでした。叱ってください」

　ユキハの隣で頭を下げたラクシュを見て、ニキアスは苛立ったように大きく息を吐き出した。立ち上がると、妻に顔を上げさせる。

「もういい。おまえがそんなに楽しいなら、連れてきた甲斐があるというものだ。ユキハはしばらく滞在するから、明日また話せばいいだろう？　夜は俺から離れるな」

　ベタ惚れだった。

　ラクシュもそれを知っていて、ニキアス相手に余裕のあるほほ笑みを見せる。堅物で鳴らしていたニキアスが妻に愛情表現ができているのかと心配したが、無用だったようだ。もしかして、ユキハに嫉妬したのだろうか。

　ラクシュの腰に手を回してサロンを出ていく前に、ニキアスはユキハを振り返った。

「そうだ、おまえに謝らねばならないことがある」

「ぼくに？」

　ニキアスはおよそ謝罪とは思えない態度で、顎を上げて高慢な口調で言った。

「ゼノとマリアーナが恋仲で、おまえがゼノの息子と偽ったことだ。俺の娘たちを見てもわかる通り、ゼノとマリアーナの子なら肌の色が違うだろう。おまえはどこからどう見ても純粋なアレキサンドライト族だ」

　ユキハは一瞬目を見開き、そして安堵したような息をついた。

心の中では、もしかしたら……と一抹の不安があったのかもしれない。

「嘘をついたことに謝罪はするが、あのとき間違ったことをしたとは思っていない。おまえとゼノが別れることが最善だと判断したから、手段は問わなかった」

ここまで堂々としていると、むしろ潔い。

「ただ、おまえを傷つけたことは申し訳なかった」

赦して欲しい、と言わないところがニキアスらしい。

「よかった……、嘘で。ひどい嘘だけど、でも、ニキアスさんにはニキアスさんの立場とか、お仕事とか……、あと、ゼノのこと、すごく考えたりとか……、だから、今は……、あれ、上手く言えないな……。でも、もういいです」

ユキハは頭の中が整理しきれないように、つかえながら謝罪を受け入れた。ユキハもあの嘘で悩み苦しんだから、ひと言でいいよとは言えなかったのだろう。

しかし考えてみればユキハとラクシュが子を作ったら、純粋なアレキサンドライト族が生まれることになる。ユキハはもう公表してしまったし、ラクシュがそうであることを、いっそう厳重に隠さねばと思った。

「では、部屋に戻らせてもらう」

打ち解けたとまでは言わないが、わだかまりを無くしたところで出ていこうとしたニキアスを、ゼノが呼び止めた。

「待て。ユキハは赦したが、わたしは赦していない。愛する人を傷つけられたんだ」

ニキアスは振り向き、

「どうすれば気が済む？」

と尋ねた。ゼノはラクシュを見て、事前の謝罪の意味を込めて頭を下げる。

「ご夫人の前でこんなことを口にするのは憚られますが……」

そして頭を上げてニキアスを見た。

「あとで一発殴らせろ」

「承知した。手加減は無用だ」

ニキアスらしい返答に、それだけで赦せた気になった。


ユキハを伴って部屋に戻ると、檻の中からミィィと小さな鳴き声が聞こえた。

「ねこちゃん」

ユキハは急いで檻に行き、掛けてあった布をめくる。部屋のランプの灯りが眩しかったらしく、子猫はびくっと震えて体を丸めた。

「ごめんね、びっくりさせて。一人で寂しかった？　それとも暗いから怖くなっちゃった？」

ユキハはゼノを振り向いた。

「抱っこして大丈夫かな？」

「どうだろうな……。野生動物だし、逆に怯えさせてしまう可能性もある。しかし、あの鳴き声は母や仲間を呼んでいたんだろう。野生に帰すつもりなら人間の手を覚えさせるのはよくないが、子どもだし体温を感じることで安心するかもしれない」

ユキハはしばらく逡巡（しゅんじゅん）しながら子猫を見つめ、そっと檻から抱き上げた。

子猫は抵抗せず、ユキハの腕の中に納まっている。

「……ぼくもラクシュに会って、仲間に会うってこんなに安心するんだって思ったから、もしこの子が安心するなら抱いててあげたい」

いい子いい子、心配いらないよ、ぼくがいるからね、とユキハは子猫に語りかける。

傷に触れないよう気をつけて抱き、額や耳の後ろを指で撫でる。赤子を寝かしつけるように背中をやさしくトントンとすると、だんだん子猫の目が閉じていった。

「寝ちゃったかな」

ユキハは愛しげに子猫を撫で続ける。

嬉しそうなユキハは、とても幸せそうな顔をしている。今日はやっと滞在先に落ち着き、可愛い妹たちができ、同胞に会え、めまぐるしくも幸福な一日だっただろう。

この笑顔を守っていきたいと、あらためてゼノの胸に決意が宿る。

ユキハは眠ってしまった子猫を起こさないようそっと檻の中に戻し、「おやすみ」と小さく囁いた。

＊

「お兄さま、ルルに魚の干したのを持ってきたの。あげてもよくって？」

イリーネが料理人に頼んで分けてもらったという魚を持って、モネと一緒に部屋にやってきた。子どもたちの声を聞いて、子猫はぴくんと耳を震わせ立ち上がる。

「骨がのどに刺さらないよう、ほぐしてあげようか」

ユキハが言うと、子どもたちは手が汚れるのも構わず皿に身をほぐし始めた。

子猫を森に帰すかどうかはとりあえず脇に置き、怪我が治るまでは面倒を見ようということになった。呼び名がないと不便なので、小さな子という意味を表す〝ルル〟と暫定的につけた。

ルルは男の子で、初日こそかなり警戒して餌も口にしなかったが、翌日には水を飲み、夕方には餌も食べた。生肉は傷みが早いからと茹で肉にしてみたところ食いつきがよかったので、それから火を通した餌を用意している。

茹でた卵や、ヤギのミルクに浸したパンなどもよく食べ、みるみる元気になっていった。

すぐに人間に慣れて警戒する様子もなくなったのは、子猫ゆえか逆に生存本能で世話をしてくれる人を見極めたせいか。

イリーネとモネもすっかり子猫を気に入り、しょっちゅうゼノたちの部屋に来たがる。

「ルル、お薬取り換えるからね。ちょっとだけ我慢……、うん、いい子」

脚の怪我も順調によくなっている。

ユキハは薬草をすり潰したものをガーゼに貼り、包帯でくるくると手際よく巻いた。気をつけないとこの季節は傷が化膿しやすい。ユキハも一日三回、傷薬を取り換えている。

そのおかげでルルは脚をついても痛くなくなってきたのか、ともすれば高い場所に飛び乗ろうとしたり、部屋を走り回ったりしようとする。骨には異常がないようなのが幸いだ。

子猫は元気を持て余し、遊べ遊べと催促する。ラクシュが棒の先に裂いた布を数枚括りつけて、子猫用のおもちゃを作って子どもたちに持たせた。

「ルル、こっちおいで」

イリーネとモネが鼻先でひらひらさせてやると、目をまん丸にして飛びつこうとする。脚に負担がかからないよう寝転がって腹をくすぐったり、おもちゃを好きに齧らせてやったりした。

そんなルルと子どもたちの様子を眺めるユキハの目がやさしい。

「ユキハ、ダンスの練習の時間だ」

「はい」

ゼノが声をかけると、ユキハは名残惜しそうに立ち上がった。遊び疲れたルルを檻に戻し、子どもたちの頬に順にキスをする。

「イリーネ、モネ。またあとで遊ぼう。森にお散歩に行こうね」

「はい、お兄さま。ルルのお母さま、見つかるといいですね」

山猫の母が子を探してはいまいかと、ユキハは毎日森を散策している。見つからなければこのままペットとして飼うつもりだが、ユキハとしては家族がいるなら帰してやりたいと思っているらしい。

ユキハは早朝のうちに剣術や体術等の護身術を訓練し、朝食後は歴史や宮廷、マナーについての本を自分で読んで学ぶ。

その後昼まではゼノが教える社交ダンスの練習、昼食後は次期国王妃にふさわしい会話術と立ち居振る舞いをニキアスから、午後のお茶のあとは夕食まで必要と思われることを随時勉強する。ユキハが勉強している間は、ゼノも遅れている知識を取り戻すことに傾注した。

ユキハはさらに合間合間で子どもたちと遊び、ルルの世話をし、森へルルの親を探しに行くのだから、かなりタイトな生活だ。音を上げず文句も言わず、よくやっていると思う。夕食後のラクシュとの会話は、ユキハの大きなエネルギーになっているようだ。

二人で過ごせる夜も――。

「あ……、ん……、ゼノ……」

ユキハの甘い声が、薔薇のような唇から零れた。

ゼノに跨り、男の欲情を煽らずにはおかない美しい曲線を持つ腰を反らし、卑猥に蠢かせる。

「奥……、おく、すごく……、きもち、いい……っ、あっ、あ、ここ……！」

届く限りの最奥にゼノの男根の先端を咥え込み、腰を回して内腔でしゃぶり尽くすように味わっている。月の光を浴びたわけでもないのに、今夜のユキハは積極的だ。

ユキハの情熱的な痴態に煽られて、ゼノの雄も最後の追い上げに向けて、ぐっ……、と質量を増す。

「あ……っ、ゼノ……、ゼノ、すき……、ん、んん……、ああっ……！」

ユキハの好きに動かせていたゼノが腰骨をつかみ、強く突き上げた。ユキハはたまらず前傾し、ゼノに体を覆い被せる。

腰を押さえたままめちゃくちゃに奥深くを抉り抜くと、ユキハはゼノの上で子猫のように高い啼き声を上げた。

「あああっ、ああっ、ゼノ……っ、おく、ほしい……、あああぁぁ、ぁぁぁ……――っ」

ユキハの中に自分の種をまき散らした瞬間、恍惚に包まれる。

上半身をのけ反らせて達したユキハの白い精が、数度に分けてゼノの褐色の肌にのどもとまで散った。シーツにぴんと伸ばした腕が小刻みに震えている。

「は……、あぁ……、ぁ……」

胸を喘がせたユキハが、脱力して首を垂れる。

目を閉じて吐精の余韻に浸るユキハの頬を、下から撫でた。

「ゼノ……」

薄く開いた赤い瞳を、快感の涙で濡らしながらゼノを見る表情にぞくぞくする。この美しく妖艶で、ゼノに全幅の信頼と愛情を注いでくる愛しい人が自分の妻なのだ。

「愛している、ユキハ」

頬を撫でれば、ゼノの手のひらに自分からもすり寄せてくる。唇が欲しくなって、そっと頬を引き寄せてキスをした。

間近で見つめ合うと、また唇が欲しくなる。ユキハも同じらしく、何度も角度を変えて唇を啄むうちに、やがて深く舌を絡め合わせた。

ユキハの中に埋めたままの雄を軽く揺らすと、まだ出て行くなというようにきゅうっと締めつけてくる。ユキハは熱い息を漏らし、潤んだ瞳でゼノを見つめる。

「もういっかい、したい……」

快楽でもつれた舌でねだられれば、ゼノの中にも再び熱が燃え上がった。

「今日は情熱的だな」

ユキハは夢見るような表情をした。

「あのね……、今日、初めてペネロペを抱っこさせてもらったんだ」

ニキアスの三女か。

ペネロペは一歳。ちょうど人見知りが始まった時期で、ラクシュと赤子の世話係の使用人以外には泣いてしまう。父親のニキアスですら、ゼノとユキハの捜索でしばらく留守にしたら人見知りされてしまったとかで、現在はほとんどラクシュだけが面倒を見ているらしい。

ユキハは毎日ラクシュのもとを訪れ、腕に抱かれたペネロペのご機嫌を一生懸命取っていた。

「ペネロペ、すごく人見知りさんで……、最初はぼくの顔を見るだけでも泣いちゃってたんだけど、だんだん慣れてきてね。そしたら今日、ぼくに手を伸ばしてくれたんだ」

思い出しているのか、ユキハの表情が幸せそうに弛む。

「赤ちゃんて、あったかくて小さくてやわらかくて……。まだ甘いミルクの匂いがするんだよ。ちっちゃい手でぼくの指をぎゅって握られたら、もう……、もう、可愛くて……」

そしてゼノを見下ろすと、涙を浮かべたままほほ笑んだ。

「こんなに可愛いんだって思ったら……、すごく欲しくなっちゃった……」

直球で男心を射抜く言葉に、年甲斐もなく体温が上がる気がした。

ユキハの中に自分を埋めたまま、背を抱いて体勢を逆転する。

「あ……、んん……っ」

激しく唇を貪り、再び力強く漲った雄でユキハの中をかき混ぜた。自分の放った温かい粘液がぐちゅぐちゅと音を立て、いやらしくぬるついた感触に快感が増す。

実際は満月の夜でなければユキハが孕むことはないが、この情熱をユキハに受け止めてもらいたい。

「わたしたちの子を孕め、ユキハ……！」

「ゼノ……ッ、ああっ……！」

ユキハを抱きかかえ、種つけの形で激しく奥を穿つ。

本当はユキハに余裕のないみっともない顔を見せたくない。頼りがいのある夫でいたいのに、自分を抑えきれない。

互いの熱に溺れながら、いずれ訪れると信じている未来を夢見た。


「怪我、すっかりよくなったねえ」

ルルの怪我を確認したユキハが、満足そうに息をついた。

傷が完全に塞がってから包帯を外し、数日様子を見た。もう走っても痛がらないし、よく食べよく眠り、ユキハにも子どもたちにも懐いてやんちゃに遊ぶ。子どもが一人増えたみたいだ。

昼間はそうやって元気にしているが、夜になるとやはり悲しそうに鳴く。一匹にされて寂しいのか、仲間を呼ぶ声なのか。

「ユキハ、そろそろ森へ帰すかペットとして飼うか決めた方がいい。もしペットにするなら首輪を作ってくれると、ラクシュも言っている」

イリーネとモネは、自分たちで飼いたいようだが。

ニキアスは、ルルを拾ったのはゼノとユキハなのだから、そちらで決めるべきだと言う。

遊び疲れてバスケットの中で昼寝してしまったルルを見下ろしながら、ユキハが「うん……」とうなずいた。

「手放したくなくなってるんじゃないか？」

ゼノから見てもルルは可愛い。人懐こく甘えん坊で、寝椅子に座っていれば膝に乗ってきたりする。ユキハも愛情を傾けていて、森に親猫を探しに行きながらも手もとに置きたい欲が強くなっているようだ。

「そりゃ、ずっと一緒にいられたらぼくも嬉しいよ。でも、ルルに家族が……、仲間がいるなら、やっぱり帰してあげたいんだ」

自分の懐に入れた存在を手放すのは辛いものだ。それでもユキハは、それがルルのためならと、自分の気持ちを押し殺そうとしている。もっと自己中心的でもいいのに、とゼノは思う。

ユキハは自分を鼓舞するように笑顔を作った。

「ルルに選んでもらおう。もしルルの仲間を見つけたときに、ルルがそっちに行くなら引き止めない。でもぼくの側に残ってくれるなら、一生可愛がるよ」

「それがいいかもしれないな」

ユキハはちょっと照れたように、前髪を弄（いじ）った。

「ぼく、ゼノを諦めようとしてすごくゼノに怒られたじゃない？　ああいうの、もう止（や）めようって。相手の気持ちがあるのに自分がいいと思うことばっかり押しつけるの、傲慢（ごうまん）だよね」

そしてゼノに明るい笑顔を向けてくる。

「だから、ルルに選んでもらえたら嬉しいし、そうじゃなくてもルルが幸せなら嬉しい。あと、あのときのことちゃんと謝ってなかったよね」

ユキハは姿勢を正し、ゼノの瞳をまっすぐ見つめた。

「勝手に逃げ出してごめんなさい。ぼくを探してくれて、引き留めてくれてありがとう。これからもぼくの家族でいてください」

頭を下げたユキハを、ゼノはやさしく抱きしめた。

「わたしの方こそ。これからもおまえに選び続けてもらえるよう努力する。愛している、ユキハ」

「愛してるよ、ゼノ……」

子猫が眠っているバスケットの上で、密（ひそ）やかに口づけを交わした。

ユキハがルルを腕に抱き、森の小道を歩いて行く。ゼノはユキハの護衛として一歩後ろを歩いた。

ゼノはユキハから決して目を離さないよう、どこへ行くときも自分かニキアスが必ず同行するようにしている。ニキアスの館の敷地内とはいえ、野心を持った不心得者が出入りしないとも限らないからだ。慎重にしすぎるということはない。

ルルは目を丸く開いてキョロキョロしたり、首を伸ばして空気の匂いを嗅いだりしている。

「いいお天気だねえ、ルル。もし仲間の匂いがしたら教えてね」

ルルにとっては久しぶりの屋外だ。恐怖より好奇心が勝っている様子に、まずはホッとした。

イリーネとモネもついてきたがったが、ニキアスに止められた。

仲間がいても人間が多かったら逃げ出してしまうかもしれないし、なによりもしルルが森に帰るシーンを見たら、娘たちが悲しむだろうという親心だ。

泉で一旦休憩し、みんなで水を飲む。

ルルも小さな薄い舌でペロペロと泉の水を飲んでいた。ゼノが大きな手で首から背中を撫でてやると、気持ちよさそうに目を細める。

「ニキアスの話によれば、過去にこの泉より先で警備の者が何度か山猫を見かけたことがあるらしい」

山猫の行動範囲は意外と幅広く、見かけたことがあるからといってこの近辺を棲み処にしているとは限らないが。

だがルルは怪我をしていたし、子猫の足でそう遠くまで逃げられるとは思えない。襲われたのはこの辺りから近い場所と考えていいだろう。消えた子を探して、親猫が戻ってくる可能性はある。

「見つかるといいね」

ルルはユキハがおやつに持ってきた茹で肉を食べ、ご機嫌で風に揺れる草を前脚で叩いている。

と、ルルが耳をぴんとそばだて、背を伸ばして周囲を窺った。

ゼノは白狼族だから、ユキハより獣の気配には敏感だ。森ではあちこちに獣の気配がしているが、熊や猪などの危険な獣の気配はないものの……。

「あっ、ルル！」

突然、ルルが草むらに向かって走り出した。

子猫なだけに敏捷で、狭い木の枝の間に難なく飛び込んでしまう。脚の怪我も治っているから、余計に動きが速い。あっという間に見えなくなってしまった。

「大丈夫かな……。仲間を見つけたんならいいんだけど……」

ユキハが不安そうに、ルルの消えた方角を見つめる。

好奇心で飛び出した可能性もある以上、確かめずに帰るのは心配だ。

「追ってみよう」

草むらを抜け、木の枝を迂回し、やっと見えた古い大きな切り株の側で、ルルは暗褐色の髪と淡褐色の肌を持つ男性の腕に抱かれていた。男性は三十歳手前くらいだろうか。痩せて身なりは貧しく、肩まで伸びた髪を無造作に紐でくくっている。

「ルル……」

ユキハがつぶやくと、男性はハッとしてこちらを振り向き、きつい眼差しを向けてきた。

「息子を誘拐したのはおまえたちか」

怒気を孕んだ口調に、ユキハはごくりと息を呑む。

息子？

途端、男性を見上げたルルの姿が人間の幼児に変わった。

「え……」
五、六歳の男の子は、男性の首にすがって「ととさま」と言った。
「獣人……、だったんだ……」

ユキハが呆然とつぶやく。

男性が特にゼノを警戒しているので、ゼノはユキハを庇うように一歩前に出て名乗った。

「わたしは白狼族のゼノ。あなたも獣人か？」

「……だとしたらなんだ。どれだけ探したと思う。俺の息子を攫っておいて、なにをするつもりだった！」

人間の姿でありながら毛を逆立てているように見える男性に、ルルは「ちがうの、ちがうの」と頬をぺちぺちした。

「ぼく、けがしたの。おにいちゃんが、たすけてくれたの」

「なに……？」

ここ、と足を指差すと、かさぶたが剝がれたような傷あとが残っている。

「おっきいとりさんがね、ぼくのあしをもって、とんじゃったの。おっこちて、すごくいたかった。おにいちゃんが、いたいのなおしてくれた。ごはんもくれた」

ルルはユキハにどれだけよくしてもらったかを、舌足らずながら懸命に父に説明する。

「あとね、おねえちゃんも。いっぱいあそんでくれる。おにいちゃん、いつもいいこしてくれるの。だから、こわくなかったよ。おこらないで、ととさま」

男性は言葉に詰まり、ややあってゼノとユキハに頭を下げた。

「誤解していたようだ、失礼をした。息子を助けてくれて礼を言う。俺は山猫族のリン。息子はクリストフという」

「ぼくはユキハといいます。息子さんに勝手に呼び名をつけてしまって申し訳ありません」

「いや……」

そう言いながら、リンの緑がかった目は冷たく光っている。リンから密やかな敵意を感じるのはなぜだ。

「さぞご心配だったでしょう。お察しいたします。獣人族とわかっていれば、もう少し早くお返しできたかもしれませんが。遅れたことをお詫びします」

「息子には、決して人前で人間の姿を取らぬよう言い聞かせて育ててきた」

だから人型にならなかったのか。生肉に食いつかなかったのは、普段の食事では人間と同じものを食べていたからなのだろう。生肉を与え続けて、飢えさせなくてよかった。

しかしクリストフも痩せているが、リンも細身で身なりが貧しい。息子を探し回ったせいでボロボロになったというより、もとからあまりいい暮らしをしていないようだ。

「お住まいは近くですか？　ご心配をおかけしたお詫びに、なにか手助けできることがあればと思うのですが」

リンの瞳が鋭くなった。

「申し訳ないが、俺はあなたたち白狼族を信用していない」

ユキハが背後で息を詰めた。

「差し支えなければ、理由をお伺いしても？」

リンはクリストフの体を守るように抱きしめた。

「俺が幼い頃は、山猫族の保護区は安全に暮らせる場所だった。頻繁に警護の軍人が回ってくれ、物資や食料の支援もあり、他民族との交流も奨励されて生活も豊かだった」

ゼノの若い頃もそういう認識だった。実際、父王はそのように保護区を守っていた。

リンは憎々しげにゼノを睨みつけた。

「それが今はどうだ。盗賊に狙われ、被害を訴えても国王は動かない。なんの手立ても講じてくれない。保護費は削られ、獣人は次々に数を減らしていった。子どもたちを盗まれた親の悲嘆がわかるか？　この子がいなくなってから、俺がどんな気持ちで探し回ったか……」

聞いているだけで胸が痛くなる。

自分ももしユキハが盗まれたらと考えただけで恐ろしくて、一片の隙もないよう注意に注意を重ねて暮らしてきた。

「白狼族と言えば、王族だろう？　いい格好をしているものな。現国王を止めないおまえたち周囲の王族も同罪だ。しかも次の王は乱暴で有名なユニスときた。もうこの国では安心して暮らしていけない。俺たちは他の国に逃げる」

国民にそうまで思わせている現状が情けなくも悔しくもある。

ゼノは真剣な面持ちで、リンに頭を下げた。

「忌憚なき言葉をありがとう。わたしは王太子として城に戻ることになっている。あなたがた国民の訴えを真摯に受け止め、安全な国に戻すよう尽力するつもりです」

リンは目を見開き、ゼノの顔をまじまじと見た。

「王太子……、ずいぶん前に失踪したという……？　そういえば、ゼノと……」

ゼノはユキハの肩を抱いた。

「こちらはユキハと言います。十五年前に村を焼き払われ、一部では絶滅したと言われる希少種、アレキサンドライト族の生き残りです。わたしは彼を保護活動の象徴に据え、再びこの国の少数民族の保護に力を注ぎます」

見開かれたリンの瞳が、かすかに揺れた。

「一度荒廃したものを復興するには、あなたがたの信用を取り戻すには、時間がかかるかもしれません。けれどわたしは約束します。必ずあなたがたが安心して帰って来られる国を作ると」

リンは長い間言葉も発さずにゼノと視線を合わせ続けた。その瞳に嘘がないか、ゼノは信じるに値するかを図るように。

やがてリンはクリストフを抱いたまま地に膝をついた。深々と頭を垂れる。

「どうか……、この子たちの未来のために……。よろしくお願いいたします、殿下……」

ユキハはリンに駆け寄り、顔を上げさせた。

クリストフの頬にキスをすると、無邪気な笑い声が返ってくる。

「ルル……、クリストフと暮らさせてくれてありがとうございました。すごく楽しかった。みんなが平和に暮らせるようになったら、ぼくたちを訪ねてください」

何年先になるかわからないが、その日は必ず来ると信じている。いや、自分が作ると決めて

いる。

クリストフを抱いて去るリンの後ろ姿を見ながら、ゼノは決意を新たにした。


「え、ルルかえっちゃったの？」

イリーネとモネはがっかりした顔をし、ユキハは二人の肩を抱き寄せた。

「うん、ルルのお父さまがお迎えに来てね。でもきっといつかまた会おうって約束したから、楽しみにしていよう？」

イリーネは自分を納得させるようにうなずいた。

「お父さまのお迎えなら仕方ないわよね。わたしだって、お父さまが来てくださったら嬉しいもの」

イリーネの言葉にほほ笑んでしまう。ニキアスは家族に愛されている。

この子たちもアレキサンドライト族の特徴が出るかも知れない。そのときに不安な思いをさせたくない。

そしていずれ生まれてくるであろう、ユキハと自分の子にも。

ゼノの視線に気づいたユキハが、ふと顔を上げた。つられるようにイリーネとモネもゼノを見る。

三人に向かって笑いかけると、ぱ、と笑顔が三つ咲いた。ゼノの胸にも幸せの花が咲く。

この笑顔を守っていきたい。

「ニキアスに頼んで、今日は勉強は休みにしてみんなでゲームでもしようか」

ゼノの提案に、ユキハも子どもたちも「やったぁ！」と喜びの声を上げる。

希少民族であってもそうでなくとも、必ず幸せに暮らせるようにする。この国に生まれてよかったと思ってもらうために、自分たち王族がいるのだ。

ゼノの中に、熱い情熱と決意が満ち溢れていった。

あとがき　―かわい恋―

AFTERWORD

　ディアプラスさまでは初めての文庫になります。かわい恋です、こんにちは。

　このたびは『おおかみさんとひみつの愛し子』をお手に取ってくださり、ありがとうございました。

　こちらは雑誌に掲載していただいた『おおかみさんと幸せな森の子』にラブ&キュートな書き下ろしを加えた一冊になります。

　さらに、書き下ろしの中に出てくるエピソードに関連して、ペーパーコレクションのSSも収録していただきました。ペーパーコレクションをお求めくださった方には、重複してしまって申し訳ありません！

　その分わかりやすくなったと思うので、併せてお楽しみください。

　本作では書き下ろしでニキアスの子どもたちや山猫のルルでちびっ子成分を入れてみました。ちっちゃい子や動物、可愛いですよね。私もいつも書くのを楽しみにしています。もちろんユキハの子ども時代を書くのも楽しかったです。ゼノとユキハの子どもが出てくるかどうかは、今後の動向を見守ってくださいませ！

　タイトルに使った〝おおかみさん〟は、雑誌に掲載していただいたとき、「おおかみさん、て言い方が可愛い！」と言ってくださる読者さまのお声が複数あり、私も気に入っていたので残していただきました。狼王子の予定でしたが、今作だと王子さま感よりユキハのおおかみさんのイメージが強いかな、と思うので、こちらにしてよかったです。

　こうして読者さまのお声を届けていただくことで、作品により愛着が湧くものですね。ありがたいです。ありがとうございます。

　さて、今作は私の大好きな年の差、年上×年下です。大人の男が、大事に育てた子にメロメロになって甘やかすシチュエーションが大好きなのです！

　そして褐色肌、獣人、溺愛、無垢受、獣との絡み……などなど、大好物要素をいっぱい詰め込みました。私の作品をお手に取ってくださる方は、同志が多いのではないかと勝手に思っております（握手）。

　王太子という立場を捨てても守りたい、大事な人との約束。そしてユキハを育てていくうちに、ユキハそのものがかけがえのない宝ものになっていき……と、ゼノの心情を考えると、攻視点でもう一度書けてしまいそうです。

　今作はオメガバースではありませんが、受のユキハは月の光で発情します。昼は少女、夜は娼婦、ってよく聞く表現ながら、ＢＬ的にも非常においしい属性ですよね。ユキハの瞳の色が昼は青緑、夜は赤に変わる設定から、アレキサンドライト族と名づけました。

　アレキサンドライトという宝石自体、１８３０年にロシアで発見されて名づけられたとのことで、時代や舞台的には名称として存在していなかったと思います。が、創作宝石名を作ってその説明を入れるより読者さまにわかりやすいのと、なにより響きがきれいなのでそのまま使わせていただきました。神秘的で、いつか使ってみたいモチーフだったので、機会に恵まれて感謝しています。

というわけで、お誘いくださった担当さま。たくさんのアドバイスをありがとうございました。細かく読み込んでくださり、丁寧なお仕事ぶりにとても安心して執筆することができました。おかげさまで、ゼノとユキハの関係がぐっと深く、素敵なお話になったと思います。もふもふ特集だったのも嬉しかったです！　今後ともどうぞよろしくお願いいたします。

イラストをご担当くださったyoco先生。約十年前、初めて先生のイラストを拝見したときの衝撃と感動を忘れられません。なんて魅力的な絵を描かれるんだろう、と痺れました。憧れてやまない先生に今作のイラストをお引き受けいただけたこと、一生の宝ものです。ゼノはかっこよく、ユキハは可愛らしく美しく、いつまで眺めていても見飽きません。お忙しい中、本当にありがとうございました。

そして読者さま。途中休筆を挟みましたが、作家として十周年を迎えることができました。いつも応援して下さる皆さまに、心からの感謝を捧げます。この先も節目の年を迎えることを目標に頑張っていきます。

こちらの雑誌掲載が復帰第一作になりますので、とっても緊張しています……！　ご感想をお聞かせいただけたら励みになります。出版社さまを通していただけると、一緒に作品を作ってくださった担当さまも目を通してくださると思うので、よければひと言でもお送りいただけたら嬉しいです。

X（旧Twitter）では商業番外のSSのご案内やプレゼントをしたりすることもあるので、お気向きの際には覗いてみてください。ハッシュタグで限定SSが読める企画もときどき実施しています。全体公開のSSはPixivにも同じものを載せているので、ご都合のいい方でぜひ！

ではでは、次の作品でもお会いできることを願っています。

かわい恋

X（Twitter）：@kawaiko_love

afterword:yoco

この本を読んでのご意見、ご感想などをお寄せください。
かわい恋先生・yoco先生へのはげましのおたよりもお待ちしております。

〒113-0024　東京都文京区西片2-19-18　新書館
[編集部へのご意見・ご感想] 小説ディアプラス編集部
「おおかみさんとひみつの愛し子」係
[先生方へのおたより] 小説ディアプラス編集部気付　〇〇先生

- 初 出 -
おおかみさんと幸せな森の子：小説Dear+23年アキ号（vol.91）
愛玩うさぎは食べちゃダメ：小説Dear+23年アキ号（vol.91）全員サービス・
小説Dear+ペーパーコレクション第68回
王太子の愛しき人といとけなき者たち：書き下ろし

[おおかみさんとひみつのいとしご]
おおかみさんとひみつの愛し子

著者：**かわい恋** かわいこ

初版発行：2024年7月25日

発行所：株式会社 新書館
[編集] 〒113-0024
東京都文京区西片2-19-18　電話（03）3811-2631
[営業] 〒174-0043
東京都板橋区坂下1-22-14　電話（03）5970-3840
[URL] https://www.shinshokan.co.jp/

印刷・製本：株式会社 光邦

ISBN978-4-403-52604-6

ペットと恋はできません イラスト 陵クミコ
愛されたがりさんと優しい魔法使い イラスト 笠井あゆみ
ぼくの暴君は溺れるくらいに甘い イラスト 金ひかる

✤切江真琴 きりえ・まこと

お前が俺を好きすぎるので逃げようと思います イラスト 橋本あおい

✤久我有加 くが・ありか

キスの温度 イラスト 蔵王大志
光の地図 キスの温度2 イラスト 蔵王大志
長い間 イラスト 山田睦月
春の声 イラスト 藤崎一也
スピードをあげろ イラスト 藤崎一也
何でやねん！ 全2巻 イラスト 山田ユギ
無敵の探偵 イラスト 蔵王大志
落花の雪に踏み迷う イラスト 門地かおり
わけも知らないで イラスト やしきゆかり
短いゆびきり イラスト 奥田七緒
ありふれた愛の言葉 イラスト 松本 花
明日、恋におちるはず イラスト 一之瀬綾子
あどけない熱 イラスト 樹 要
月も星もない イラスト 金ひかる
月よ笑ってくれ 月も星もない2 イラスト 金ひかる
恋は甘いかソースの味か イラスト 街子マドカ
それは言わない約束だろう イラスト 桜城やや
どっちにしても俺のもの イラスト 夏目イサク
不実な男 イラスト 富士山ひょうた
簡単で散漫なキス イラスト 高久尚子
恋は愚かというけれど イラスト RURU
君を抱いて昼夜に恋す イラスト 麻々原絵里依
いつかお姫様が イラスト 山中ヒコ
普通ぐらいに愛してる イラスト 橋本あおい
恋で花実は咲くのです イラスト 草間さかえ
青空へ飛べ イラスト 高城たくみ
わがまま天国 イラスト 楢崎ねねこ
青い鳥になりたい イラスト 富士山ひょうた
海より深い愛はどっちだ イラスト 阿部あかね
ポケットに虹のかけら イラスト 陵クミコ
頬にしたたる恋の雨 イラスト 志水ゆき
魚心あれば恋心 イラスト 文月あつよ
思い込んだら命がけ！ イラスト 北別府ニカ
恋するソラマメ イラスト 金ひかる
恋の押し出し イラスト カキネ
におう桜のあだくらべ イラスト 佐々木久美子
君が笑えば世界も笑う イラスト 佐倉ハイジ
もっとずっときっと笑って イラスト 佐倉ハイジ
華の命は今宵まで イラスト 花村イチカ
嘘つきと弱虫 イラスト 木下けい子
幸せならいいじゃない イラスト おおやかずみ
酸いも甘いも恋のうち イラスト 志水ゆき
あの日の君と、今日の僕 イラスト 左京亜也
片恋の病 イラスト イシノアヤ
疾風に恋をする イラスト カワイチハル
恋の二人連れ イラスト 伊東七つ生
恋を半分、もう半分 イラスト 小椋ムク
七日七夜の恋心 イラスト 北沢きょう
愛だ恋だと騒ぐなよ イラスト 七瀬
アイドル始めました イラスト 榊 空也
知らえぬ恋は愛しきものぞ イラスト 芥
好きになってもいいですか イラスト ミキライカ
恋は読むもの語るもの イラスト 梨とりこ

✤栗城 偲 くりき・しのぶ

恋愛モジュール イラスト RURU
スイート×リスイート イラスト 金ひかる
君の隣で見えるもの イラスト 藤川桐子
素直じゃないひと イラスト 陵クミコ
ダーリン、アイラブユー イラスト みずかねりょう
いとを繋いだその先に イラスト 伊東七つ生
恋に語るに落ちてゆく イラスト 樹 要
君しか見えない イラスト 木下けい子
家政夫とパパ イラスト Ciel
同居注意報 イラスト 陵クミコ
バイアス恋愛回路 イラスト カゼキショウ
ラブデリカテッセン イラスト カワイチハル
社史編纂室で恋をする イラスト みずかねりょう
塚森専務の恋愛事情 イラスト みずかねりょう
経理部員、恋の仕訳はできません イラスト みずかねりょう
亜人の王×高校教師 イラスト カズアキ
ブラック社員の転生先はDom/Subユニバースの世界でした イラスト 篁 ふみ

✤幸崎ぱれす こうざき・ぱれす

ブラコンを拗らせたら恋になりました イラスト 佐倉ハイジ
1LDK恋付き事故物件 イラスト 陵クミコ
じゃじゃ馬オメガは溺愛なんて望まない ～くせものアルファと甘くない同居始めました～ イラスト 采 和輝
新人外科医は白獅子に求愛される イラスト 北沢きょう
※「理想≠運命」（イラスト：金ひかる）、「世界一やさしいQ.E.D.」（イラスト：鷹丘モトナリ）は電子書籍にて配信中。

✤木原音瀬 このはら・なりせ

パラスティック・ソウル 全3巻 イラスト カズアキ
パラスティック・ソウル endless destiny イラスト カズアキ
パラスティック・ソウル love escape イラスト カズアキ
パラスティック・ソウル unbearable sorrow イラスト カズアキ

✤小林典雅 こばやし・てんが

たとえばこんな恋のはじまり イラスト 秋葉東子
執事と画学生、ときどき令嬢 イラスト 金ひかる
藍苺畑でつかまえて イラスト 夏目イサク
素敵な入れ替わり イラスト 木下けい子
あなたの好きな人について聞かせて イラスト おおやかずみ
デートしようよ イラスト 麻々原絵里依
国民的スターに恋してしまいました イラスト 佐倉ハイジ
国民的スターと熱愛中です イラスト 佐倉ハイジ
武家の初恋 イラスト 松本 花
ロマンス、貸します イラスト 砧 菜々
若葉の戀 イラスト カズアキ
管理人さんの恋人 イラスト 木下けい子
密林の彼 イラスト ウノハナ
可愛いがお仕事です イラスト 羽純ハナ
深窓のオメガ王子と奴隷の王 イラスト 笠井あゆみ
先輩、恋していいですか イラスト 南月ゆう
スターのマネージャーも恋してしまいました イラスト 佐倉ハイジ
王子ですがお嫁にきました イラスト 麻々原絵里依
恋する一角獣 イラスト おおやかずみ
囚われのオメガ王子と恋の奴隷 イラスト 笠井あゆみ
ひとめぼれに効くクスリ イラスト 橋本あおい
友達じゃいやなんだ イラスト みずかねりょう
王子と狼殿下のフェアリーテイル イラスト 小山田あみ
御曹司の恋わずらい イラスト 須坂紫那
恋するリス、いりませんか？ イラスト 緒花

✤彩東あやね さいとう・あやね

神さま、どうか口マンスを イラスト みずかねりょう
愛を召しあがれ イラスト 羽純ハナ
悪党のロマンス イラスト 須坂紫那
花降る町の新婚さん イラスト 木下けい子
赤獅子の王子に求婚されています イラスト カワイチハル
初恋も二度目の恋も イラスト 伊東七つ生
恋は不埒か純情か イラスト 高階 佑
恋の幸せ、降らせます イラスト 青山十三

✤沙野風結子 さの・ふゆこ

兄弟の定理 イラスト 笠井あゆみ
獣はかくして交わる イラスト 小山田あみ
天使の定理 イラスト 笠井あゆみ
隷属の定理 イラスト 笠井あゆみ
獣はかくしてまぐわう イラスト 小山田あみ
獣はかくして囚われる イラスト 小山田あみ

✤菅野 彰 すがの・あきら

眠れない夜の子供 イラスト 石原 理
愛がなければやってられない イラスト やまかみ梨由
17才 イラスト 坂井久仁江
恐怖のダーリン♡ イラスト 山田睦月
青春残酷物語 イラスト 山田睦月
なんでも屋ナンデモアリ アンダードッグ ①② イラスト 麻生 海
小さな君の、腕に抱かれて イラスト 木下けい子
レベッカ・ストリート イラスト 珂弐之ニカ
泣かない美人 イラスト 金ひかる
おまえが望む世界の終わりは イラスト 草間さかえ
華客の鳥 イラスト 珂弐之ニカ
色悪作家と校正者の不貞 イラスト 麻々原絵里依
色悪作家と校正者の貞節 イラスト 麻々原絵里依
色悪作家と校正者の純潔 イラスト 麻々原絵里依
色悪作家と校正者の多情 イラスト 麻々原絵里依
ドリアングレイの激しすぎる憂鬱 イラスト 麻々原絵里依
色悪作家と校正者の別れ話 イラスト 麻々原絵里依
ドリアングレイの禁じられた遊び イラスト 麻々原絵里依
色悪作家と校正者の初戀 イラスト 麻々原絵里依
太陽はいっぱいなんかじゃない イラスト 麻々原絵里依
色悪作家と校正者の結婚 イラスト 麻々原絵里依
※「色悪作家と校正者の歳時記1～3」(イラスト：麻々原絵里依) は電子書籍にて配信中。

✤菅野 彰&月夜野 亮 すがの・あきら&つきよの・あきら

おおいぬ荘の人々 全7巻 イラスト 南野ましろ

✤砂原糖子 すなはら・とうこ

セブンティーン・ドロップス イラスト 佐倉ハイジ
純情アイランド イラスト 夏目イサク (※定価651円)
204号室の恋 イラスト 藤井咲耶
言ノ葉ノ花 イラスト 三池ろむこ
言ノ葉ノ世界 イラスト 三池ろむこ
言ノ葉ノ使い イラスト 三池ろむこ
恋のはなし イラスト 高久尚子
恋のつづき 恋のはなし② イラスト 高久尚子
虹色スコール イラスト 佐倉ハイジ
15センチメートル未満の恋 イラスト 南野ましろ
スリープ イラスト 高井戸あけみ
スイーツキングダムの王様 イラスト 二宮悦巳
セーフティ・ゲーム イラスト 金ひかる
恋惑星へようこそ イラスト 南野ましろ
恋愛できない仕事なんです イラスト 北上れん
愛になれない仕事なんです イラスト 北上れん
恋はドーナツの穴のように イラスト 宝井理人
恋じゃないみたい イラスト 小鳩めばる
全寮制男子校のお約束事 イラスト 夏目イサク
恋煩い イラスト 志水ゆき
リバーサイドベイビーズ イラスト 雨隠ギド
世界のすべてを君にあげるよ イラスト 三池ろむこ
毎日カノン、日日カノン イラスト 小椋ムク
心を半分残したままでいる 全3巻 イラスト 葛西リカコ
青ノ言ノ葉 イラスト 三池ろむこ
僕が終わってからの話 イラスト 夏乃あゆみ
バイオリニストの刺繍 イラスト 金ひかる
月は夜しか昇らない イラスト 草間さかえ
オリオンは恋を語る イラスト 金ひかる
※「心を半分残したままでいる 電子限定単行本未収録短篇集 ～未来を半分残したままでいる～」は電子書籍にて配信中。

✤伊達きよ だて・きよ

人生はままならない イラスト カワイチハル

✤月村 奎 つきむら・けい

believe in you イラスト 佐久間智代
Spring has come! イラスト 南野ましろ
step by step イラスト 依田沙江美
もうひとつのドア イラスト 黒江ノリコ
秋霖高校第二寮 全3巻 イラスト 二宮悦巳
エンドレス・ゲーム イラスト 金ひかる
エッグスタンド イラスト 二宮悦巳
きみの処方箋 イラスト 鈴木有布子
家賃 イラスト 松本 花
WISH イラスト 橋本あおい
ビター・スイート・レシピ イラスト 佐倉ハイジ
秋霖高校第二寮リターンズ 全3巻 イラスト 二宮悦巳
レジーデージー イラスト 依田沙江美
CHERRY イラスト 木下けい子
恋を知る イラスト 金ひかる
おとなり イラスト 陵クミコ
ブレッド・ウィナー イラスト 木下けい子
すき イラスト 麻々原絵里依
恋愛☆コンプレックス イラスト 陵クミコ
不器用なテレパシー イラスト 高星麻子
嫌よ嫌よも好きのうち? イラスト 小椋ムク
teenage blue イラスト 宝井理人
50番目のファーストラブ イラスト 高久尚子
恋する臆病者 イラスト 小椋ムク
すみれびより イラスト 草間さかえ
Release イラスト 松尾マアタ
遠回りする恋心 イラスト 真生るいす
恋は甘くない? イラスト 松尾マアタ
ずっとここできみと イラスト 竹美家らら
それは運命の恋だから イラスト 橋本あおい
ボナペティ! イラスト 木下けい子
耳から恋に落ちていく イラスト 志水ゆき
恋の恥はかき捨て イラスト 左京亜也
もう恋なんてする気はなかった イラスト 竹美家らら
恋愛小説家は恋が不得意 イラスト 木下けい子

✤椿姫せいら つばき・せいら

この恋、受難につき イラスト 猫野まりこ
AVみたいな恋ですが イラスト 北沢きょう
ひと恋、手合わせ願います イラスト コウキ。

✤鳥谷しず とりたに・しず

スリーピング・クール・ビューティ イラスト 金ひかる
流れ星ふる恋がふる イラスト 大槻ミゥ
恋の花ひらくとき イラスト 香坂あきほ

恋色ミュージアム イラスト みずかねりょう
新世界恋愛革命 イラスト 周防佑未
神の庭で恋萌ゆる イラスト 宝井さき
その兄弟、恋愛不全 イラスト Ciel
契約に咲く花は イラスト 斑目ヒロ
恋よ、ハレルヤ イラスト 佐々木久美子
探偵の処女処方箋 イラスト 金ひかる
溺愛スウィートホーム イラスト 橋本あおい
お試し花嫁、片恋中 イラスト 左京亜也
兄弟ごっこ イラスト 麻々原絵里依
紅狐の初恋草子 イラスト 笠井あゆみ
捜査官は愛を乞う イラスト 小山田あみ
捜査官は愛を知る イラスト 小山田あみ

✤名倉和希 なくら・わき

はじまりは窓でした。 イラスト 阿部あかね
耳たぶに愛 イラスト 佐々木久美子
戸籍係の王子様 イラスト 高城たくみ
夜をひとりじめ イラスト 富士山ひょうた
ハッピーボウルで会いましょう イラスト 夏目イサク
神さま、お願い～恋する狐の十年愛～ イラスト 陵クミコ
愛の一筆書き イラスト 金ひかる
手をつないでキスをして イラスト Ciel
恋の魔法をかけましょう イラスト みずかねりょう
恋のプールが満ちるとき イラスト 街子マドカ
純情秘書の恋する気持ち イラスト 佳門サエコ
恋する猫耳 イラスト 鷹丘モトナリ
竜は将軍に愛でられる イラスト 黒田 屑
王子は黒竜に愛を捧げる イラスト 黒田 屑
魔女の弟子と魔眼の王の初恋 イラスト サマミヤアカザ
輝ける金の王子と後宮の銀の花 イラスト 石田惠美

※「竜は将軍に愛でられる・番外篇 王国のある一日」「竜は無垢な歌声に恋をする・番外篇 竜に愛を誓う」（イラスト：黒田屑）は電子書籍にて配信中。

✤凪良ゆう なぎら・ゆう

ニアリーイコール イラスト 二宮悦巳

✤ひのもとうみ ひのもと・うみ

きみは明るい星みたいに イラスト 梨とりこ

✤間之あまの まの・あまの

ランチの王子様 イラスト 小椋ムク
溺愛モラトリアム イラスト 小椋ムク
ふたり暮らしハピネス イラスト 八千代ハル
初恋アップデート イラスト 八千代ハル

✤宮緒 葵 みやお・あおい

奈落の底で待っていて イラスト 笠井あゆみ
華は褥に咲き狂う⑤ 兄と弟 イラスト 小山田あみ
華は褥に咲き狂う⑥ 恋と闇 イラスト 小山田あみ
華は褥に咲き狂う⑦ 神と人 イラスト 小山田あみ
鳥籠の扉は閉じた イラスト 立石 涼
華は褥に咲き狂う⑧ 比翼と連理 イラスト 小山田あみ
桜吹雪は月に舞う② 奉行と閻魔 イラスト 小山田あみ
おかえりなさい、愛しい子 イラスト 橋本あおい

※「華は褥に咲き狂う」1～4、（イラスト：小山田あみ）「桜吹雪は月に舞う」（イラスト：笠井あゆみ）「蜜家族」（イラスト：青山十三）、「悪夢のように幸せな」（イラスト：ミキライカ）、「覇狼王の后 上・下」（イラスト：カワイチハル）、「狂犬ドルチェ」（イラスト：石田惠美）は電子にて発売中。

✤八月 八 やつき・わかつ

呪われ悪役令息は愛されたい イラスト ホームラン・拳

✤夕映月子 ゆえ・つきこ

天国に手が届く イラスト 木下けい子
てのひらにひとつ イラスト 三池ろむこ
京恋路上ル下ル イラスト まさお三月
王様、お手をどうぞ イラスト 周防佑未
恋してる、生きていく イラスト みずかねりょう
あなたを好きになりたくない イラスト みずかねりょう
異界で魔物に愛玩されています イラスト 陵クミコ

✤ゆりの菜櫻 ゆりの・なお

黄金のオメガと蜜愛の偽装結婚 イラスト カワイチハル
黄金のアルファと禁断の求愛結婚 イラスト カワイチハル

✤渡海奈穂 わたるみ・なほ

甘えたがりで意地っ張り イラスト 三池ろむこ
ロマンチストなろくでなし イラスト 夏乃あゆみ
神さまと一緒 イラスト 窪スミコ
マイ・フェア・ダンディ イラスト 前田とも
夢は廃墟をかけめぐる☆ イラスト 依田沙江美
恋になるなら イラスト 富士山ひょうた
さらってよ イラスト 麻々原絵里依
正しい恋の悩み方 イラスト 佐々木久美子
手を伸ばして目を閉じないで イラスト 松本ミーコハウス
ゆっくりまっすぐ近くにおいで イラスト 金ひかる
兄弟の事情 イラスト 阿部あかね
恋人の事情 兄弟の事情2 イラスト 阿部あかね
未熟な誘惑 イラスト 二宮悦巳
たまには恋でも イラスト 佐倉ハイジ
カクゴはいいか イラスト 三池ろむこ
夢じゃないみたい イラスト カキネ
その親友と、恋人と。 イラスト 北上れん
恋でクラクラ イラスト 小鳩めばる
いばらの王子さま イラスト せのおあき
厄介と可愛げ イラスト 橋本あおい
絡まる恋の空回り イラスト 斑目ヒロ
運命かもしれない恋 イラスト 草間さかえ
ご主人様とは呼びたくない イラスト 栖山トリ子
俺のこと好きなくせに イラスト 金ひかる
さよなら恋にならない日 イラスト みずかねりょう
かわいくしててね イラスト 三池ろむこ
恋はまさかでやってくる イラスト 佳門サエコ
完璧な恋の話 イラスト 梨とりこ
それは秘密の方がいい イラスト 南月ゆう
抱いてくれてもいいのに イラスト 山田ノノ
恋は降り積む イラスト スカーレット・ベリ子
兄から先に進めない イラスト カワイチハル
恋した王子に義母上と呼ばれています イラスト もちゃろ

※「元魔王の逆行魔術師は恋と快楽に堕ちる」（イラスト：北沢きょう）は電子書籍にて配信中。

✤ ✤ ✤

おおかみさんとひみつの愛し子

| Ohkamisan to himitsu no itoshigo |

2025年夏頃発売予定